如水似铁
RU SHUI SI TIE

时代出版传媒股份有限公司
安徽文艺出版社

翟之悦，80后女作家，中国作家协会会员，中国文艺评论家协会会员，江苏省作协签约作家，已出版中短篇小说集、长篇小说和文艺评论集12部，短篇小说见于《小说选刊》《中国作家》《钟山》《作家》《雨花》《安徽文学》《福建文学》《时代文学》《朔方》等刊物，入选《2018中国短篇小说排行榜》《2017江苏青年评论集》《东方少年30周年精选集》等多种年度选本。

新生代作家小说 精选大系

如水似铁

翟之悦◎著

RU SHUI SI TIE

时代出版传媒股份有限公司
安徽文艺出版社

图书在版编目（CIP）数据

如水似铁/翟之悦著. —合肥：安徽文艺出版社，2020.5
（新生代作家小说精选大系）
ISBN 978-7-5396-6878-9

Ⅰ．①如… Ⅱ．①翟… Ⅲ．①中篇小说－小说集－中国－当代②短篇小说－小说集－中国－当代 Ⅳ．①I247.7

中国版本图书馆 CIP 数据核字(2020)第 026004 号

| 出 版 人：段晓静 | 策　　划：朱寒冬　张 堃 |
| 责任编辑：宋晓津 | 装帧设计：徐　睿 |

出版发行　时代出版传媒股份有限公司　www.press-mart.com
　　　　　安徽文艺出版社　　　　www.awpub.com
地　　址：合肥市翡翠路 1118 号　邮政编码：230071
营 销 部：(0551)63533889
印　　制：安徽新华印刷股份有限公司 (0551)65859551

开本：880×1230　1/32　印张：6.5　字数：180 千字
版次：2020 年 5 月第 1 版　2020 年 5 月第 1 次印刷
定价：32.00 元

（如发现印装质量问题，影响阅读，请与出版社联系调换）

版权所有，侵权必究

序

翟之悦出版前一部短篇小说集《分手吧,罗拉》的时候,她请我为她写个序,我应承了,努力写了,小说集也顺利出版了。这一晃,过去一两年了吧。这期间,我知道她特别努力,特别刻苦用功,又先后在《作家》《钟山》《中国作家》《雨花》《福建文学》等重要刊物上发表了多篇小说。

现在,她又要出版一部新的短篇小说集了。她跟我说,老师,还是你给我写序吧。

我差一点笑了。

我说,你换个人吧。老是一个人写,不能为你拓宽视野,也不能带给你更好的平台。我可以给你介绍其他老师,批评家也行,作家也行,他们都会愿意的。我并且动之以情,晓之以理,跟她推心置腹,跟她说了许多换请别人写序的好处。

却不料我苦口婆心费了半天口舌,她却固执而又简单,耐心地听完我的啰里巴唆,只回答我几个字:不,还是请你写。

她很固执。

固执到有点不会转弯。一般太固执的人,可能不太讨人喜欢。可是对固执的翟之悦,我却是喜欢的。就是喜欢她的固执,喜欢她认准目标不放松的精神,在当今这样一个物欲横流的时代,内心始终坚守着对纯粹的文学、对精神价值的追求,体现在一个年轻女孩子身上,真的很珍贵,让人感动。

我不敢说她今天的写作,已经达到了什么样什么样的水准,但是她的劲头、她的执着、她的奋斗,我都一一看在眼里。

所以,这个人,虽然她喊我老师,但是,我服的。

我写。

在读《分手吧,罗拉》时,我曾经说过,我佩服她舍易而求难的选择,到了《如水似铁》,我则有了更多一些的想法。

翟之悦的写作是孤独的。她只是默默地写,没有进入潮流,也没有去赶什么什么风头,谁也无法替她分类分群,她就是她自己,一个固执的、独自在暗中摸索的年轻的写作者。

这是她的特质。

她的特质,首先表现在她写作的目光的特异。

和文坛上一些80后、90后年轻的女作家不同,翟之悦写作的目光,始终在底层。从她的《分手吧,罗拉》开始,一直到最近发表的这些作品,从打工者写到农民,从农民写到城市的底层人群,钟点工、艰辛的蓝领,等等,她关注的目光,低到不能再低了,她的笔触所至的人物,普通到不能再普通。

这些并不是她自己的生活,她并不是那种直接从泥土里生长出来的庄稼,她并不是来自最底层的写作者,她有良好的家境,有学历,有不错的工作,生活在富裕地区,接触的人与事,也都相对明亮。

而这些外部的东西,只是为她的写作,提供外在的帮助,与她的内心世界,关系似乎并不大,每个写作者愿意关注的点是不一样的,翟之悦的点,就是在底层的。

目光关注哪里,这本身没有高低之分,只有每个个人写作特点的差异。

翟之悦关注底层群体,她的小说,不是从小我出发的,是从他人出发,是打工男女,是农村妇女,是一些可能没有人看得起,甚至也不被文坛纳入眼帘的人物。

翟之悦并不是不学习不研究当今文坛，她阅读大量的当代作家的作品，但是之后，她没有动摇，她仍然跟着自己的内心的声音，仍然坚持走在自己的路上，去写那蝼蚁般的人物。

这些小说，没有无病呻吟，也没有装模作样夸大个人的情感中的纠缠。诚然，从小我出发，也一样能写出大作品，但翟之悦没有走那条路，她只是把目光紧紧盯住底层的群体。她的能力，就是能够从底层的群体那里发现诗意，获得小说的灵感。这是一种写作上的功夫，更是心灵的融入。

把社会底层的，看起来比较粗糙、比较麻木的人物，尤其是女性，写得生动细腻，心思绵长，表面波澜不惊，内心惊涛骇浪，这是十分难能可贵的。比如《流逝》（原载《钟山》）中的李慧芳，一个从中年往老年走着的农村妇女，还病魔缠身，在泥泞里艰难挣扎，却有着细密的心思，有着自己的隐秘的向往。她的羡慕的目光，会在儿媳妇丰满的胸脯上停留一下，看到她暗暗喜欢的赵老板，她的眼睛里"蠢动着一丝感激"，她喜欢赵老板的有情有义，她的所思所想所努力，就是要为赵老板找到虾王。小说将一个基本上无人理会的、病重的农妇，写得这么令人心动，这是翟之悦小说特别独特的品质。

这部小说集里,有一部分作品是写男女情感的,也一律都是小人物,大多婚姻不幸,物质贫困,离婚,遭到背叛等等,写得细微真切。因为细微真切,所以引人入胜。比如《离线》(《小说选刊》转载,原载《安徽文学》),不是简单地写离婚后的沮丧、痛苦或重新寻找新爱,而是充分展示了人的内心多重的欲望,充分表达了人的复杂多变的心思。

再比如《变色镜》(原载《朔方》)这一篇,亦有独特之处,郑嵇安的人生,可谓一败再败,他执着疯狂而又迷茫,最后在镜子里,他认出来那个"前夫"其实就是他自己。小说描绘人在绝境中挣扎的情境,十分逼真,十分到位,如同尖刀划过玻璃般的感觉。

从这些作品中不难看出,翟之悦小说作品的另一个特质:人物虽然普通,但是他们是有奇异性的人物,他们是文学画廊中的不常见的新鲜的人物。

比如《如水似铁》(《小说选刊》转载,原载《作家》)中阿静这个人物,用"如水似铁"四个字真是恰如其分的;《流逝》的李慧芳,更是一个给人很奇异感觉的人物,这样的奇异人物,使得翟之悦小说的文学品质得到较大的提升,小说也平添了许多异彩。

翟之悦的写作风格,总体是含蓄内敛的,叙述也是平静的,但是里边有张力,琐事中的痛和压抑是能够让读者感受到、体会到的。

这种张力的施展和体现,和她在小说结构上的用心布局、精心设置是分不开的。

翟之悦的大部分小说,一开始看起来都是相对平静的不动声色的叙述,但是到后来,大都会有出奇的一笔,既是意外的情节,又十分符合故事发展,是在情理之中的,是符合人物性格走向的,读者也许会为它们的出现感觉惊讶,然后在惊讶之中,得到收获,会心认同。

翟之悦的小说,还有很大的发展空间,比如语言的打磨,比如想象力的训练,等等,所以,我满怀欣喜地期盼着。

范小青

(作者系江苏省作协主席,中国作协全委会委员,全国政协委员)

目　录

如水似铁　　001

离线　　023

雪团　　049

瘦身　　073

私语　　103

变色镜　　125

春雨霏霏　　153

流逝　　172

如水似铁

一

"这就算我们的散伙饭吧。"阿静放下筷子,柔声说。

"嗯。"毓海疑惑地看着她,点点头。

这阵子,毓海屡次提出散伙,阿静回应他的是一次次自虐,且愈演愈烈。送她回去的车上,毓海透过反光镜,见她使劲咬碎嘴唇,丝丝缕缕的鲜血滴在苍白的下颌,小车里渐渐弥漫着血腥味道;工地厨房里,她使劲撕扯刷锅用的钢丝球,被钢丝划破的一道道血痕透出她的无限幽怨;她还砸碎了住处所有的瓶瓶罐罐,恨到深处,她拾起一块锋利的碎瓷搁在腕上……尽管阿静每次自虐的时间和地点不同,可态度一致——她不同意散伙。

二十出头的阿静比毓海小十岁,所以,最初看到这个小妹楚

■　如水似铁

楚可怜的眼神、苍白如纸的脸颊甚至流血的指甲……毓海马上心软了。毕竟曾经好过一场,他哪能对她的痛苦视而不见? 不过,心软总是暂时的,在她花样百出地自虐过无数次,而他也明里暗里提过多次散伙后,对她继续表演的苦情戏,他逐渐无动于衷。

毓海记不清自己的心肠是如何日渐硬起来的。还记得刚到建筑工地打工那年,胡须尚未冒出的毓海第一次目睹工友不慎被卷入机器失去了手脚的情景,吓得瘫软在地尿了裤子。可时间一长,即便见到从高楼掉下摔成肉饼的倒霉蛋,他也习以为常了。如今,本来就神经大条的包工头毓海面对工地上下形形色色的眼泪和鲜血,就像身为厨师的阿静面对柴米油盐那样自然。

因此,毓海起初还会扑过去使劲抓住她血淋淋的手说"你干吗折磨自己?",接着是"就为这点破事要死要活值吗?",到最终漠然站在一旁,看她演完全套戏码才开口:"还想耍啥把戏? 我看着。"

阿静反而不闹腾了,瞪着情郎,冷冷地说:"有部老电影看过吗? 叫《郎心如铁》。"

毓海摸了摸心脏,不假思索地说:"我的心真像铁吗? 都怪你肚子不争气! 现在我老婆肚里有了,你只能走人。"

今晚,阿静终于自己说出了散伙的话,她的语气是平和的,也没再上演各种自虐情节。在毓海拨给阿静独住的小屋里,他俩隔着饭桌面对面坐着,无言。窗缝里挤进来一丝丝微风,从屋顶垂下来的灯泡随之轻摆。灰扑扑的土墙上,两个黑魆魆的人影晃来晃去,时而聚拢,时而散开。

阿静是厨师,为毓海工地上一百多号工人做饭。半年前,在家政公司招工的毓海一眼就看中了她。和阿静正式好上后,她不止一次问他,为什么单单选中了她。

为什么？只因她是个丰乳肥臀的青涩女孩。当时,毓海盯着她的臀部看了好半天——大屁股好生养。当然,毓海不会将这最隐秘的心思和盘托出,情到浓时,他也只说:"我想要个儿子。"

"你就知道要儿子！我又不是母猪。"

阿静虽这么说,可毓海能感觉出来,她对自己是满意的。她看起来很温顺,经验告诉毓海,温顺的女孩大多心地善良。的确,即便是对工地上那些卖苦力的粗人,阿静也很礼貌。她总甜甜地称呼他们"大爷、大伯、大叔、大妈、小弟",似乎他们都是她的家人,可她自己的家人她从不提起。毓海并不在乎这些,令他不满的是,阿静给工人打饭菜总是大手大脚的。

"他们每天累死累活,要是肚子都填不饱,你也太抠门了。"

毓海说:"你啥都不懂!这不是给我们的儿子省奶粉钱吗?"

"开口闭口儿子儿子,你想过我吗?"阿静怨气冲冲。

"当然想啦!你赶紧给我生个大胖小子,我肯定更疼你。"毓海走过去,摸摸她的肥臀。

阿静起身离开饭桌,看着暗蒙蒙的窗外。窗外是毓海承包的工地,对面就是简陋的集体工棚。工棚里不时有婴儿的哭声随风飘来。按规矩,家属不该在工棚留宿,可为了拴住工人,毓海对此睁一只眼闭一只眼。

"一家人团聚真好,哪怕是吃苦。"阿静喃喃地说。

毓海赶紧把她从窗口拽走。工棚离这里不远,他不想让多嘴的工人看见自己和阿静在一起。他冷哼一声,说:"你不生儿子,我没理由离了婚和你团聚。这样吧,我介绍你去陈老板那儿,省得我们常见面,闹心!"

"大家都夸你仁义!上次那个小工庆嫂夜半临产,是你亲自开车,带上我一起送她去了医院,你还垫付了医药费。"阿静似笑非笑。

毓海瞪起眼睛:"关键时候我不这样,谁肯为我卖命?"

阿静只顾沉浸在回忆里,幽幽地说:"那晚我被产妇不住嘴的惨叫声吓傻了,你一把抱住我说:'别怕,有我呢。'我就这么昏了头跟了你。"

二

小杨挺着大肚子站在医院妇科的走廊里,对毓海说:"老公,你累了,就在诊室外头歇会儿吧。我哥会陪我。"

这时,毓海的手机响了,"阿静"在荧幕上不停闪动。这是毓海跟阿静散伙后,她第一次来电。他捏着手机,心虚地觑向小杨。小杨没理会,被大舅子搀着,摇摇摆摆地走进诊室。

小杨曾告诉过毓海,她父母早逝,只剩下一个亲哥。毓海看得出来,大舅子对这个妹妹很上心。小杨怀孕后,大舅子不间断地送来营养品,还找了熟人,为小杨请了最好的妇科医生,小杨每次产检,大舅子总亲自陪同,毓海十分感激。

诊室里头拉起了布帘,毓海估摸着检查一时半会儿结束不了,就拿着手机慢慢向走廊那头踱去。

阿静同意散伙后,毓海把她介绍给了朋友陈老板。陈老板那里活儿少,钱又多,料想阿静会满意。果然,两个多月她都没来烦他。

电话里传来阿静的哭声:"老板,你听说了吗?今早陈老板这里出事了,老王头死了。"

毓海沉默。老王头原是毓海的工人,跟阿静很熟。阿静走后,老王头也跟了过去。

"老王头还不到五十岁,从前一直在老家挖煤,井下那么危险都没去见阎王爷,居然死在工地上……按道理,两米以上的脚手架起码要绑上三根横杆才行,可这里五米多高的也只绑一根,更气人的是,陈老板没让用铁丝,竟用了便宜的铅丝来绑!老王头爬上去没站稳,一把抓住了横杆,可横杆松了……"

从阿静断断续续的诉说中,毓海得知,爬上脚手架拆塔吊的老王头掉下来死了。这样的事很常见,阿静少见多怪。毓海皱皱眉头,耐着性子问:"他算老工人了,上架前也不系个安全绳?"

"安全绳太细,一绷就断了,四周又没装安全网……地上还胡乱堆着钢筋,人都戳通了……等我们发现,人已经不行了。"

大家都知道,陈老板的工地出过几次事故,总之是安全措施不到家。一旦出事,陈老板就赔钱了事。工人多是苦出身,发生事故后拿到钱就罢了。可去年陈老板工地上高空坠物砸死了一个二十来岁的青工,死者家属偏偏不要钱,围住工地哭着喊着要陈老板偿命。最后出动了警察,陈老板又多赔了好几十万才摆平。事情一过,陈老板的工地又照常开工了。明眼人谁不知道,这全靠陈老板的岳父斡旋——陈老板的岳父跟毓海的大舅子都在建筑系统工作。

"他就知道赔钱！人都没了，赔钱有什么用？我从没见过这么黑心的老板！"不等毓海回话，阿静连珠炮似的说下去，声音越发尖厉，刺得毓海耳朵眼疼，"听说，这个黑心老板让工人往阀板基础里面扔毛石，节省混凝土；钢筋从来不足数……小老百姓省吃俭用攒钱买房子，他就这样造房子啊？万一塌了呢？全死！"

才几个月不见，阿静居然晓得这么多事，着实令毓海吃惊。尽管他认为这是行内公开的秘密，可陈老板的胆子也忒大了些。事实上，他们这些包工头面临着各种不得已，有苦说不出罢了。若是让陈老板晓得阿静知道了这些内幕，不知会有啥后果。毓海刚想提醒阿静，却被她堵了回去："是不是你们这些包工头，都是铁石心肠？"

毓海怒了，瞬间打消了想提醒她的念头。

"好了好了，就算你说的是实情又能怎样？至于老王头，他又不是你家人，你起个什么劲？"

阿静说："老王头平常待我像亲闺女一样，他实在太可怜了！"她似乎在抽泣。

毓海皱起眉头："你实在闲着没事干，可以叫老王头的家人去讨个说法。"说话间,大舅子正扶着妻子慢吞吞迎面走来,毓海想挂断电话。

阿静又急又气:"老王头跟着养女过日子! 女人哪斗得过地头蛇!"

毓海不语,阿静说得不无道理。他估摸着老王头不可能跟工地签过劳动合同,他的养女肯定也是没啥倚仗的平头小百姓,就算闹上法庭,赢面也不大。陈老板能够多赔点钱,那就算不错了。

"好吧好吧,你看着办吧。我劝你少操闲心。"毓海关掉手机。他听到阿静似乎还说了一句:"我就不信老王头就白死了!"

此时,小杨和大舅子已经走到跟前。

三

阿静拿腔拿调地问毓海:"老板,今天的菜好吃吗?"

毓海抬起埋在饭碗里的脸,茫然望向阿静。阿静走后,毓海重新聘了个妇女做饭,可那人三天两头请假。无奈,他只好偶尔请阿静来食堂顶班。幸好这里离陈老板的工地不远。

阿静笑眯眯地举着锅铲,故意把头凑过来,俏皮地看着昔日的情郎,引得那帮狼吞虎咽的工人不住地抬眼往这边看。

毓海向另一侧挪挪,避开几乎扫到颊边的长发,随意支吾了几声,头也不回地往厨房走去。

"放心好了,我绝不会缠你,只想跟你聊聊天。"阿静无视众人的注视,大模大样地摘下袖套拍打着双臂,跟在毓海后头。毓海以前喜欢和阿静聊天,她声音好听。他俩还有那个关系时,常常聊到很晚。

见厨房里没人,毓海放松下来,把饭盆往水池里一甩,点起一支烟,背靠案板跟她打趣:"你想跟我说什么?有新男友了,想让我看看?"他不敢在人前与阿静亲昵,怕有人到小杨面前搬弄是非。毓海并不害怕妻子,却怵大舅子几分。大舅子是书包翻身的典范,在建筑系有点权势,未来的前景恐怕并不逊色于陈老板的岳父。若不是毓海当年鬼使神差报了个业余的计算机班,认识了同班学习的妻子小杨,他这个学历不高、打小工出身的乡村小子不会拥有今天的一切。小杨算不上美女,学历也不高,可她配毓海绰绰有余。小杨有城市户口,皮肤白,又很懂得穿衣打扮,最重要的是,她很拿毓海当回事,但凡毓海有啥需要,她就要求大舅子办好。美中不足的是,婚后多年小杨的肚子都是个死肚子,这难免令三代单传的毓海心急如焚,这才打起了阿静的主意。而眼下,小杨怀孕了,毓海的婚姻连唯一的不如意都没有了,他当然绝不会再让阿静打乱人生步骤。

阿静没理会毓海刚才的调侃，单刀直入地问："老板，如果有人害你，你用啥方法报仇？"

毓海甩掉烟头，喊一声："谁敢惹我？老子手下有的是人——怎么突然说这个？"

阿静撇撇嘴："哼哼，报仇不一定靠拳头。最解恨的报复就是想办法慢慢折磨他，让他生不如死……"

毓海瞪大眼睛，警觉地望着阿静。她并不躲开他的注视，依然一脸温柔娴静的模样，就像他俩还恩爱时那么贤惠。

客厅里，小杨挺着大肚子，给毓海端来一杯水："老公，干吗一直发呆？怕我肚里的是女儿？"

"怎么会呢？只要是我的种，我都喜欢！"

小杨手一抖，杯子掉在地上，砰一声碎了。毓海跳了起来。她这是怎么了？怕生女儿怕成这样？毓海倒有点内疚了。他把碎片扫掉。小杨歉意地笑笑，拿起手机进了卧室。

不知为什么，小杨在卧室里待了好久也没洗漱。她最近肚子渐大，可胃口不好，面容憔悴了下来。她几乎一有时间就和大舅子待在一起，或是通过微信谈天说地。很晚了，毓海才走进卧室，关切地询问正斜躺着拨弄手机的妻子："这个月我送你去孕检吧？

总烦大舅子,嫂子该有意见了!"

"没事,我哥那么喜欢孩子,嫂子不会介意的。"小杨顺手把手机塞到枕下。

"那你嫂子怎么从不来看你?"

小杨愣了愣,支支吾吾地说:"嫂子事业心重,忙……她连孩子也不想生……你管他们家的闲事干吗?……"

毓海伸手抚摸着小杨圆鼓鼓的肚子。小杨微笑着,一脸疲惫的样子。显然,小杨对他和阿静的事还蒙在鼓里。至于大舅子家的事,他才懒得管呢。等儿子生出来,即便小杨知道了他和阿静以前的事,又能怎样?好在阿静并不黏糊,分手后再也不来纠缠。可不知怎么的,他突然想起阿静曾问过的那句话:"……如果有人害你,你用啥方法报仇?"阿静当时自己回答:"……想办法慢慢折磨他,让他生不如死……"毓海突然有点紧张,他打算找她深谈一次。

这次是毓海约阿静到从前的小屋见面的,可微信发了好几次,她都没有回复。或许是她没有Wi-Fi(无线网络),又舍不得流量?好几天后,阿静的微信头像终于闪动起来,毓海急忙发语音消息问她为何不回复,她说最近手头事多,没有工夫上线。

"不会搭上了新男友,把我忘了吧?"这句话一发出,毓海就有点后悔,但他也懒得撤回。他确实是有醋意,虽说妻子怀孕了,他和阿静必须分手,但毕竟有过那么一段。当他再次走进与阿静温存过的小屋,心还是柔软了片刻。

夜深时,阿静才过来。她似乎胖了些。毓海还没说话,阿静的微信就嘀嘀响了。她笑笑,对着手机发送语音信息:"我回屋休息了。明天我会准时到。"

毓海往地上吐了口痰,不耐烦地说:"我说几句就走,你消停一下!"

阿静在床边坐下,按掉手机,嬉皮笑脸地说:"告诉你,我怀孕了,明天男朋友带我去复查。"

毓海心头一颤,隐约觉得有点不对劲,转念一想,又如释重负:她显然有了新归宿,该把过去放下了,不会有报复了。他抱拳说:"恭喜!恭喜!"

阿静斜倚在床上,搭着床沿的双脚一荡一荡,眼睛闪闪发亮:"排队检查的孕妇可真不少,她们的八卦也很有趣。有个孕妇时常由姐夫陪着来,我遇到好几次了。"

毓海了解阿静自来熟的脾气,就喜欢聊八卦。从前工人们也爱和她唠嗑,那些街头巷尾的奇闻逸事在她脸上转换成喜怒哀乐的表情,再从她嘴里传出来时,又成了一个个传奇故事。毓海不想费神,跷着二郎腿沉浸在自己的世界里,随她叨叨。

"那孕妇,她肚里的孩子是她姐夫的。"阿静见毓海没有什么兴趣,自己还是兴致勃勃,"听说,那孕妇和姐夫本来就是对恋人,却被她那姐姐横刀夺爱。或许是报应,她姐姐婚后居然不育,姐夫就提出离婚。可那孕妇已经嫁人了,不愿意跟姐夫破镜重圆。"

"那她怎么还跟姐夫有了孩子?"

"因为姐夫混得好呗!那孕妇老公的生意必须靠姐夫,而姐姐也不肯放弃这么好的丈夫。据说,姐姐对那孕妇又跪又求,终于说动了她。不过,故事最精彩的部分是——"阿静甩甩头发,卖了个关子。

"不说拉倒。"

"你看你,急什么?"阿静嘻嘻笑着,继续说,"姐妹俩和姐夫都有一腿,怕那孕妇老公知道后不好相处,所以一直对他谎称,姐夫是那孕妇的亲哥哥。反正那孕妇老公是外地人,什么都不知道。"

"这种隐私,你又怎么会知道?"

"嘿嘿!妇产医院的化验员是我初中同桌。她跟那孕妇很熟,那孕妇每次检查都找她……嗯,你有兴趣了?"

"这关我屁事!"毓海手一挥,"我倒是要跟你说,你八卦归八卦,别把我俩的事四处乱说。"又补充一句,"你还是个大姑娘,我老爷们无所谓。"

阿静盯着他,上下打量了半晌,才说:"你的心真是铁打的。不过,你的意思我明白了。"

屋顶垂下的小灯洒下细密的柔光。阿静的话让毓海感到安心。他的语气也柔和了些:"还有啊,陈老板那事,你最好别乱掺和。"

"陈老板的事——哦,你说的是老王头,"阿静幽幽地道,"我掺和不掺和,不要你操心。"阿静抚着自己的小腹,不再说话。她看了毓海一眼,低下头,又抬头看一眼。她的目光坚定而又温柔。毓海见状,怕自己压制不住突然升起的柔情,赶紧拉开门走了。

四

西餐厅里关了大灯,服务生挨桌点上蜡烛,摇曳的烛光渲染出夜的情调。在这黄金时段,餐厅旋转门转进来的女孩一个比一个年轻时尚,以至于毓海将某个丰乳肥臀的青春身影认成了阿静。他用手抹抹冷汗,定定神,发现小杨呆坐在餐桌对面,迷茫地望着他。毓海抚着她的手,大声问:"你哭丧着脸干吗?检查结果是个小子,你笑还来不及。我可是特意来犒劳你的。"

小杨噙着泪,拨弄着刀叉委屈地说:"我现在太难看了!"

怀孕的确会变丑点,毓海知道孕妇总和常人两样些,哄哄就好了。

吃过晚饭,毓海将好不容易哄好的小杨送回家。他借口有事要出门,溜进了阿静的小屋,想确认一下她刚才是否在西餐厅出现。

阿静正弯腰收拾行李。她头上扎着可笑的毛巾,围裙系在前胸,小腹已经明显凸起。衣服、鞋袜、箱包摊得到处都是。

"你真打算搬走了?"毓海用小指抠着牙缝——刚才吃的牛排有点老,不搞出来难受,"去跟男朋友住?"

"我明天就搬。"阿静没有回答他第二个问题,转过身,把衣服叠成整齐的豆腐干,又手脚不停地将袜子团成小球塞进箱子的角落。

墙角的煤气炉上炖着一锅鸡汤,咕嘟咕嘟冒着泡泡,满屋香气。见毓海盯着炉子,阿静笑道:"穷人吃这个算不错了!怎比得上我提过的那个孕妇?听说,她 B 超结果是男孩,丈夫、姐夫和姐姐都高兴坏了,时常给她炖鲍参鱼翅进补,今晚还特意下馆子庆祝呢。"

毓海敷衍着:"哦,哦,又是那个孕妇——她丈夫还不知道真相?"

"当然,她丈夫还蒙在鼓里呢!所有的男人都自认为很聪明。"

毓海抖着腿,幸灾乐祸道:"要是晓得了还了得?戴绿帽子的老公杀人的心都有!"

阿静突然扭头,锐利地瞥了他一眼,阴阳怪气地说:"这事儿搁在女人身上也一样。谁都不会饶了伤害自己的人!"

"哼,陈老板那事儿,你没再多嘴吧?"毓海瞟着她的肚子,又说,"你还是多管管你自己,快跟你男朋友结婚了事。"

"别人的孩子关你啥事?"阿静踢开地上的垃圾,迈着方步走到毓海跟前,眼里闪着挑衅的光,"老板,我问你,假如那孕妇是你老婆,你会怎么样?杀了她?我问了玩啊。"

毓海竭力控制着自己,生怕不小心扇阿静一个耳光。她果然心里有怨气,所以要编话刺激自己。他最担心的就是在儿子就要出生的节骨眼上,阿静蹿出来和老婆来个面对面。所以他的话必须果决一点,虽然听起来平缓:"你自己是孕妇,全世界都是孕妇。"他冷笑着说,"谁的女人谁有数,谁的女人谁领走。嗨嗨,你不是带着肚子,马上就要双喜临门了吗?"

阿静一怔，冷着脸咕哝了一句："是，我不是你的女人。"

毓海出门，回过头拱拱手："恭喜恭喜。"

这次不欢而散之后，毓海很久没再见过阿静。其间，他出了趟远门，刚一回来，就接到了陈老板的电话，邀请他参加婚礼。陈老板这招出人意料，圈内人大多不知道陈老板何时和黄脸婆散了伙，又找了新人。对有钱的土豪来说，新人满世界都是，没人关心是哪一个。婚礼安排在本城最豪华的酒店，乌压压摆了大几十桌，连走廊里的加桌都全部客满。平日不修边幅的陈老板焕然一新，从来没白过的黑脸涂得红红白白，鼓鼓的啤酒肚也被名牌西装小心地遮掩起来。花团锦簇的新娘被陈老板小心地护在怀里挨桌敬酒。

毓海来得迟，根本没来得及看门口的迎宾牌。他进门后赶紧找到自己的位子，新郎新娘已经过来敬酒了。万没想到的是，新娘居然是阿静！他傻了，僵了，瞬间石化。是阿静光彩照人的笑脸咒语般激活了他。他哆哆嗦嗦地站起，打算说几句场面话。陈老板环住新娘的手臂紧了紧，砰一声跟毓海碰一下杯，半真半假地说："何老板，我还不敢告诉你新娘就是阿静啊，怕你后悔。可你后悔也迟了。"他一指阿静的肚子，"她怀上啦，已经三个多月啦……"

"陈老板厉害！发红包、发红包……"立马有人跳出来凑趣。

"这样的好事不早点告诉大家！"

有人带头鼓掌,有人吹起口哨,喜庆的音乐适时奏响。披着婚纱的阿静突然抬起娇羞的脸,半是含情半是挑逗地望向尴尬的毓海："何老板,你怎么不祝福我们呀？"

毓海张口结舌。正在此时,挤在身边的众人突然自动分开一条道,几个陌生男人走过来,为首的掏出一张纸,在陈老板面前晃了晃。陈老板浑身一颤,他把手里的酒杯往地上一掼,噌地就要跑。来人一拥而上,将陈老板按倒在地,铐上,押着离开大厅。周围很静,远处还在喧闹。音乐在继续——民乐《喜洋洋》。

新娘阿静转身,缓步走向舞台。盛装的新娘出现在聚光灯下,她对着话筒说话,话筒没开,大家听不见。音乐停了,一个司仪跑过去打开了话筒："陈老板刚被警察带走,婚礼取消了。"

现场哗然,又肃静下来,然后嗡嗡的。阿静没有多话,拖着裙摆冲毓海款款走来。她面对他,不说话,俏皮地歪着头,等他问。

毓海结结巴巴地说："这怎么……怎么回事？怎么会这样？！"

阿静随手摘下头纱,漫不经心地说："为什么不会这样？这多好玩。"

"你故意的?"

阿静说:"我是个孤儿,那个从脚手架上摔死的老王头是我养父!"

毓海呻吟一声,揉着太阳穴说:"你倒是出了气,可你肚里的孩子怎么办?"

"孩子?陈老板以为孩子是他的,只有我才知道这孩子是谁的种。我不答应做他老婆,怎么能摸清他的底细?"

毓海手一挥:"别废话了!你闯大祸了,聪明的就赶紧滚。"

阿静说:"我不笨。我还有一点事要做。"

五

她不赶紧逃走,说还有一件事,那是什么事?

但毓海已经不想去费脑筋。事实上也已容不得他费脑筋,阿静在婚礼上藏头露尾的那句话,让他对她肚子里的孩子是谁的,产生了狐疑。孩子究竟是谁的,他没有把握。他当然懂得非此即彼,不是陈老板的,就是他自己的,他倒希望阿静话里有话只是为了折磨他。他很烦。实际上,连这个问题他也没法再费心思了,因为他老婆必须到医院待产了。

他满腹心事,苦不堪言。阴雨连绵,到处湿答答的。他带着大包小包的婴儿用品,小心翼翼地扶着企鹅似的小杨走进医院。

大舅子和嫂子并排站在电梯口,迎接小杨入院。在毓海印象中,这是小杨怀孕后,嫂子头一次出现。刚走出电梯,笑容满面的大舅子就将小杨扶了过去。嫂子转身进了病房,在小杨的床上拍拍弄弄。病房是单间,面积不大,地上摆着大舅子带来的果篮和鲜花。毓海像个外人一样站在门口,无聊地挖着鼻孔。

这时,阿静不知从哪个角落冒了出来。她步履蹒跚,皱着眉头,走得很别扭。她拿着一摞单子,看见毓海,她把手里的纸朝他抖一抖。

阿静有气无力地冲毓海说:"老板,老婆要生了?"

"嗯嗯。"众目睽睽之下,毓海不好意思不理她。怎么会这么巧?她肯定是踩着点过来的。她把老陈弄进去,怎么还不跑掉?毓海第一次发现,他对这个女人其实不了解。谁知道这个女人还要做出什么?她显然有了什么变化,她干吗不时捂捂肚子?

阿静挪到毓海身前,撑着门框,向小杨打了个招呼。

小杨扶着腰,指指椅子,客气地说:"快进来坐坐吧,你怎么又是一个人来?老公不陪你?"说着,她偏过脸对嫂子和毓海解释,"我们孕检时碰见过,是熟人了。"

"这个你拿着。"阿静将手里的纸塞给毓海,步进了病房。"你真有福气,生个孩子有那么多人围着转!"她苦笑着对小杨说,"哪像我,五个月的引产,还得一个人扛。"

小杨看着她的肚子,大惊道:"好好的,为什么不要了?"

阿静回过头,看了毓海一眼:"孩子他爸变心了,我一个人没法养。"

大舅子皱皱眉头,将身体硬插到阿静和小杨中间,温柔地对小杨说:"你快生了,少说话,好好休息吧。"

这是变相的逐客令,但阿静并不计较。她看看大舅子,看看小杨的肚子,又摸摸自己的腹部。她佝偻着走过毓海身边,拽一拽他的衣角说:"老板,有个事要汇报。"她继续走,似乎没人扶她一把她就要倒下去。毓海不由得跟了过去。到了门外,她作势凑到他耳旁说:"还记得我提过的那个孕妇吗?她就是你老婆。"她的鼻息轻轻的,但毓海如闻惊雷,"你老婆的哥哥其实是她姐夫,也是她肚里孩子的爸爸。你得知道,八卦的人并不见得句句都是八卦。"

毓海的太阳穴开始波波地跳动,头跟着痛起来,连眼眶都跳跃着痛。他感到一阵晕眩,要扶着墙才能站稳。

阿静紧盯着他,抖一抖手上的几张纸,轻声细语地说:"喏,引产的病历。还有亲子鉴定书:你儿子的羊水,你的头发。是个儿子。"她的眼睛闪出了泪光,"他就像一泡水,流掉了。"

毓海不接她递来的纸。她伸过来,摊开。他闭上了眼睛。阿静把纸拎高,再高,高过头顶,然后手一松,几张纸飘到地上。

离线

一

天佑书桌上的手机活泼地振动起来,嗡嗡一阵,停顿,然后又是一阵,接连不断。瞧这架势,他不看也知道,是前妻佩西。

不就为了钟点工小玲吗?

小玲长得好看。刚才同佩西聊微信时,天佑这么说了。他只是随口一夸,她却纠缠不清了。

"有多好看?比得上我吗?看上了吧?那就上嘛。"

天佑发个点头的炮炮兵回了佩西,便退出微信,连电话也摁了振动键。眼下,任凭她拨打多少遍,他都不理不睬。

明知是调侃,他却依然冒火。有啥了不得的?不就给他添了件"小棉袄"吗?

"爸爸!"

"小棉袄"苗苗在隔壁惊叫一声,这是暑假,她不上幼儿园。天佑慌忙跑过去。苗苗在午睡,梦魇哪。他叹口气,陪着她,想等她再睡沉。这当儿,房门被笃笃轻叩两下。

"大哥,都好了。"是小玲。说好的,每天两三小时,她来洗衣做饭搞卫生。

天佑穿得齐整,起身时,却还扯平衣角。至于吗?照例验个收罢了。上下两层,天佑草草巡视一遍,回到他的套房里,含笑道:"进来坐会吧!"

"不用不用,没啥事我就走了。"小玲气还没喘匀,就撸下褐色袖套。

"快来歇一歇,等一会,帮我个小忙。"天佑一锤定音。

小玲只好进了房。天佑从冰箱里取出一盒冰淇淋,递给她时,趁机多瞄了几眼,是因为佩西的调侃?小玲二十多岁,个儿高挑,白净斯文,有一种稚嫩的美。要是扯下围裙,活脱脱就是个在校大学生。之前几个钟点工多少都有点粗野,可她不同,举手投足都透着教养。

"然后呢?你叫她帮了什么忙?"佩西在微信追问他。这是两三个月后的对话了。那一阵子,他俩打着冷战。直到有天深夜,佩西发来微信说:"太想你和女儿了。"佩西又落单了。一见她的软话,天佑冷了三个月的心,似乎回暖了。

"然后?孤男寡女,还能怎样?"

"啊,你真睡了她?"佩西说。

"恭喜你,猜对了!"他用力敲键,没有半点迟疑。

这时候,女同事曲奇发来的语音,天佑接了。她三十来岁,在一家中外合资的游戏公司做技术设计,不坐班。曲奇跟他同龄,长得漂亮但不肯安分,所以还是单身,偶尔撩他一下,却不死缠烂打。语音聊天时,他估计佩西已离线了,她那嫉妒心忍不了这个。

佩西会搭上旁线,非得等到再次落单,才会照例上线,说:"太想你和女儿了。"可是,这回错了。待他回到微信主页,又见佩西说话了:"你是如何把那根嫩草叼到嘴的?说来听听。"

沉吟片刻,他噼里啪啦整了一段,砸过去:"我对小玲说:'小黄鸭——哄苗苗洗澡的玩具——不见了,帮我找找?'小玲说:'好。'她把冰淇淋放回冰箱,就里外找开了。其实小黄鸭没弄丢,被我藏在大床底下。只要她有点耐心,准能找到。如我所料,她很快找到了小黄鸭。不瞒你说,我在小黄鸭上搁了个安全套。"

"你居然给她下套?"

"嘿嘿,你管得着吗!那个套是我跟你用剩下的。几个月前,你回来那晚,咱俩几乎用掉了一打,还记得吧?小玲趴下,左颊贴着地板,盯着床底叫道:'那不就是小黄鸭吗?'她匍匐上前,一把抓过它,谁料,一个粉色的小东西滑落下来,她定睛细看,瞬间呆了。那粉色的安全套,是你喜欢的,草莓牌,包装还没拆呢。接着,隔着床板,我呢喃着:'小玲,再帮我个忙,好吗?'小玲寻觅时,我也没闲着。大床上,我裸着上身,躺成个'大'字,活像另一只待抓的小黄鸭……"

他忽然打住,不想往下编了,不过,要是真这么个撩法,小玲会有什么反应呢?

天佑叫小玲吃冰淇淋,她没表示,直到洗净小黄鸭,才取出冰淇淋,边吃,边瞅着空阔的房间,疑惑地问:"屋子那么大,怎么就你和女儿住?"

"是啊,缺个女主人呢。"天佑接得快,然后,话锋一转,苦笑着说,"这种祖传的自建房,也就买不起房的人羡慕吧。"

之前,这屋里除了他们父女俩,还有佩西。几年前,天佑爱上了佩西。那时,她和同事合住十来平方米的宿舍,逼仄得身都转不过来,更别提有洗漱间了。所以,一搭上天佑,她就马上搬来了。这儿虽不上档次,但毕竟宽敞,拉撒也方便。谁料婚后不久,她就怨声载道,尤其有了女儿,更是满腹牢骚。漏风的卧室,无窗的卫生间,朽烂的下水道……统统成了她吐槽的爆点。他不止一次地对佩西拍胸脯,说:"老婆,苦尽甘来啊,我们再等一阵子,等这老房拆迁了,拥有的何止一套新房?"

"等,等,再等下去黄花菜都凉了!"佩西不是个有耐心的人,没过多久,便迷上了网友——一个单身阔老头,随后,竟义无反顾地搬进了阔老头的豪宅,狠心地撇下了他和女儿,连同那段糟心的回忆。

二

"你老家在西安?"天佑明知故问。他早就看过小玲的身份证。

"西安临潼。你肯定晓得。"小玲说。

"临潼?好地方!那里有华清池,是杨贵妃和唐明皇一起洗澡的地方,岂能不知晓?"

"临潼好地方多得是,你却只知大美女的澡堂子。"说着,她的脸红了。

他扫了她一眼,一拍手大笑起来,这样的笑声有床上的气息。

"爸爸。"苗苗突然边喊边趿着拖鞋,摇摇晃晃跑过来,他的笑声惊醒了苗苗。他连忙收住笑,正襟危坐。苗苗推门进来,乌亮的大眼睛盯着他,又侧过脸望望小玲。他有些慌乱,是做贼心虚的样子,便连忙指着小黄鸭,打岔道:"小玲,帮苗苗洗个澡吧?"

浴室连着这间房,原本是阳台,整个儿封住了,用的是钢化玻璃。躺进浴缸,日月星辰,一览无余。浴缸是洛可可风格的,外带台阶、罗马柱,缸沿环绕着一群小天使,十来双米色的大理石眼睛,活灵活现。这是佩西新婚时弄的。她一心想把整个家都捣鼓成这种豪华风格,可始终没能遂愿。巧妇难为无米之炊哪。离婚后的日子里,他们唯一一次做那事儿,就在这浴缸里。

佩西发微信来说:"想你们了,还想念星空下泡澡的味道。"

"你想回就回呗。"他顺嘴一说。

她果真坐动车来了,带给他满脸惊愕。那个有星星的夜晚,他俩在浴缸里很尽兴,还翻了不少新花样。天佑说:"那么多小天使的眼睛盯着,我有点不好意思,你不尴尬?"

佩西说:"我喜欢这样,我更喜欢的,你懂……不像那个老家伙,几下就尿了。"

他一听,突然泄了气,猛地推开了她。

她的后脑勺磕上缸沿,流血了。她怨他绝情。离婚后相约,她可每月探望女儿一次。自那夜之后,他们没再见面,除了微信。既然相见变了味,还是不见为好。

天佑盯着浴缸,发呆。
"用白色的浴液吗?"小玲问。
"不,蓝色的。"天佑说。
"有分别吗?"
"有啊。"天佑说得头头是道,"蓝色的柔和无味,纯天然植物浴液,无任何添加剂,适合苗苗。而白色的偏碱性,成分丰富,刚好适合我和你这样的……"

天佑故意把"我和你"说得有点轻佻。见他还要说下去,小玲及时用话岔开:"你真细心,我们女人也远不如你。"说着,她抬头看了挂钟,剩余的时间不多了。

"细什么心啊?等你当了妈,自然懂了。"天佑突然觉得自己有点荒唐,什么当妈不当妈的,一会儿贵妃的澡堂子,一会儿安全套,一会儿坏笑,一会儿要她帮忙洗澡。一个失婚的大哥,在纯情妹子跟前,言行不成体统,怎么看都显得轻佻。这些年来,他形单影只,总想找人聊个天,解个闷,可聊天解闷也得找对人哪,她还有下家等着她去收拾呢。

他终于平静下来,看到小玲替苗苗褪了衣服,把她抱进了浴缸。

"放满缸水吗?"小玲摘下花洒,急切地问。

"半缸够了。"说着,他把小黄鸭丢进去,说,"给她玩这个。"女儿洗澡,有个坏脾气,一着水,便不肯闲着,老是闹腾,闹得大人无从下手。玩了小黄鸭,或许老实点。他顿了顿,又说:"女儿大了,我给她洗澡不太方便。"

这句话只是他预置在心里的托词,小玲认为,苗苗才丁点儿大,他洗,一点问题也没有。

其实,天佑也这么认为。从前不都是他洗吗?把蓝色浴液摇出泡沫来,抹上,淋水,搓搓,几个来回翻弄那堆白沫,然后挺起十指在"小棉袄"身上轻轻揉动。给她洗澡像做家务,琐碎,烦冗,他心里却是温热柔顺的,他不正需要这些来填充落寞乏味的辰光吗?夜里爬起来给啼哭的女儿冲奶粉,笨拙地把屎把尿,抱着浑身滚烫的女儿去看医生,那些时候有哪个女人来搭把手呢?

才洗了一半,小玲的手机铃声就响了。她擦干手,拿起来一看,是下家在催了。小玲对他羞涩一笑,说:"我得走了。"给苗苗洗澡本是她的分外事。

"然后呢,她上套了?"佩西在微信中追问,"嫩草的味儿错不了,是吗?"

"没有然后,她就走了。哦,走时她带走了吃剩的冰淇淋。"天佑实话实说了,他知道,再这么胡编下去,难免刺激佩西,更有伤小玲。可即便他真的跟小玲好上了,也没错呀。还有,佩西走后的空窗期,他搭上了曲奇,尽管没动真格。不论是小玲,还是曲奇,他爱搭谁就搭谁,轮得到你佩西来说三道四吗?

"小棉袄"还在浴缸里闹腾着。她不住扑腾着手脚,一次,两次,三次,仿佛想潜下去又想飞起来似的。被她撇在一边的小黄鸭,随波闲闲地晃荡着。

天佑曾养过一只鹦鹉,有点像小黄鸭的模样,其实是只小黄桃牡丹鹦鹉,他给它取名叫桃桃。

桃桃玩水也挺乐的。它掠过水面,摇头拍翅,叽叫着停在女儿头顶上,把湿羽毛蓬松起来抖一抖,又跳到缸沿上,豆粒似的眼睛注视着女儿,如同那十来双小天使的眼睛一样。

天佑每天给桃桃换水喂食,隔几天更换垫在笼底的报纸。无师自通,它会自己蹲在笼顶或是窗台晒太阳,顺便用喙打理羽毛。桃桃很听话。天佑坐在电脑前设计游戏时,它坐在桌边,望着电脑里光怪陆离的影像，轻舞身子，自娱自乐，从不招惹他。偶尔也会闹事，天佑责骂它，它便拍打着翅膀咻地飞走，把身子藏进窗帘里，探出小脑袋，眼睛扑闪扑闪的，像在偷看他的表情，那滑稽可笑的模样，叫他撑不住笑出声来，于是，就朝它扬扬手，它便飞近来，站在他腿上，欢叫几声，互相就算握手言和了。

事实上，整个房子俨然是个大鸟笼，桃桃随意飞来躲去，哪儿都去过了，沉闷的老房里便平添了欢声笑语。外出时，天佑多了份牵挂。他很少出门，可也难免要开个会、取个钱、赶个饭局什么的。事儿刚办完，他就心急火燎地回家，像是又添了件"小棉袄"一样。走在回家的路上，明灭的霓虹灯闪在他脸上，几缕光透进他晦暗的心。

一转眼，桃桃长大了，忽然有一天，它飞走了。

有一天，当天佑把谷粒舀入食碗，啧啧呼唤过后，桃桃没有如同往日一样过来。虽是白天，他却打开了所有的灯，啧啧啧，唤个不停。角角落落都找遍了，依然不见踪影。电脑屏幕仍然亮着，正在演示他新创的游戏——《疯狂的小鸟》。五光十色的界面像是游戏世界的任意窗，被怪兽吞掉鸟蛋的小鸟，从窗口探进头来，召唤桃桃施以援手，桃桃便一头钻出窗子。那一刻，浅蓝色窗纱在微风中舞动，若隐若现出窗外那棵桂花树茂密的树叶。天佑呆望着,像是感受到了这个过程,却无力挽回。

桃桃不见了,猝不及防。仿佛那些女人,用一缕缕虚幻的情丝缠绕他,撩拨他,征服他,让他沉迷下去,直至万劫不复。某一刻,突然离线了,留他一个人在飘忽中寥落。

三

天佑只好网购了一个橡皮小黄鸭,哄女儿说,这是桃桃变的。女儿信了。女儿喜欢的游戏动漫里,主角变身玩具,是习以为常的。

天佑时常上线,但很少网购。这一回,他却精挑细选了一个硅胶的按摩洗头刷。据说,这刷子对增发有奇效。这是小玲告诉他的。那天,小玲给苗苗洗澡时,他凑过去助力。她瞥见他稀稀拉拉的毛发时,便建议他弄把按摩洗头刷。

又一天,钟点工小玲抓紧料理停当,站书房门口问了一句:"大哥,要给宝宝洗澡吗?"

"嗯。夏日每天得洗澡。"他说。于是,整个夏天,小玲给苗苗洗澡成了常态,顺便,也为天佑洗头,按摩。

苗苗坐在水里不住地扑腾着手脚,仿佛准备下潜,又像是起飞。

■ 如水似铁

"大哥,苗苗玩水快乐吗?"小玲说,"网上说,宝宝玩水快乐,是因为在妈妈的羊水里泡惯了的缘故,没了妈妈的宝宝,玩水还快乐吗?"小玲问。飞溅的水花打湿了她鼓鼓的前襟。天佑一时无语。

待小玲离开后,天佑蹲在浴缸边看女儿玩水。失去了母爱,她玩水还真的快乐吗?天佑自言自语,她的小脑瓜里,到底想些什么呢?之前,桃桃爱跟女儿一起玩水。那么当时,它又在想什么呢?

"渴望自由呗。"游戏工程师曲奇这么说,在地面上,只能做二维运动。潜水,是唯一能与飞行媲美的三维运动。但苗苗是个孩子,显然不懂潜水,只是尽兴玩水,这算是她向往自由的本能体现吧。至于鸟嘛,也和人一样,骨子里喜欢自由,不管身处何境。

就这个问题,天佑还问过佩西。佩西给出了另外的答案,苗苗爱玩水,或许爱的是流水抚摸皮肤的感觉。每个人都有点皮肤饥渴症,通常缺啥,就对啥饥渴。囚鸟也同样的道理,因为动物是通人性的。他觉得佩西说得不无道理。她总是"饥渴",得了老公爱女,还要别墅香车,所以她说走就走。这辈子,只有物欲可以让她奋不顾身。

四

对决了一局,天佑摘下眼罩,看见技术总监已呷了口咖啡。

显然自己做得很好。游戏预演每周一回,预演结束后是模拟对决。假如打得不错,总监会呷口咖啡。

不出所料,总监夸他了,建模和动作都挺好的。总监又美滋滋地抿了一小口,并让咖啡在味蕾上停留片刻,带点苦涩的醇香在她口腔萦绕低回。佩西也喝咖啡,可跟总监喝的别样。咖啡从她嘴里大口灌进去,咕噜噜流进肚里,然后再来一大口。佩西说:"喝咖啡,就像喝开水那样,图个解渴,哪来这么多讲究?"

总监坐下,放下咖啡杯。

"这款新游戏的竞技精神是公平,只要玩家技术好,1 挑 N 不是问题。"总监说。总监一般不说话,说话不一般。

"再找人跟我决一盘。"总监说,"留心动作和武器,当然,还有 CG。"此话也不一般。简练,到位。

天佑后退,总监起立。《疯狂的小鸟》重又开战。

总监四十出头,板寸短发,爱穿 T 恤牛仔裤,右耳打一排耳钉。时光飞逝,但她还我行我素地活在少女时代里。除了游戏和电脑,他俩鲜有话题。记得跟佩西恋爱的那段时光里,佩西陪伴天佑左右。他在电脑前对战总监,佩西就站在他背后不远处,默默助威。虽说不在视线里,他却能感觉自己的心,始终在佩西的身上,幸福而安心。有一次,天佑请教总监问题时,总监往身后一瞟,冷不丁问道:"你老婆?"

天佑犹豫一下,嗯了一声。总监笑了笑,便没了声响。记不清佩西总共去了几回,反正婚后,她没再去过。以至于,在他的记忆里,婚前去了几回也模糊起来。

有一回,显示器上冲锋陷阵的都是狗,猫一还击,转眼狗散,天佑又成了无人照管的单身狗。天佑摘了眼罩,瞥见总监向后一瞟。他以为总监会问:"你老婆呢?"可总监没问。以后,总监也一直没问。总监为啥不问?他很好奇。但总监为啥要管这档事呢?

对决结束后,天佑整理设备的连接线,见总监又呷了口咖啡。

"玩过《蝙蝠传奇》吗?"总监问。

"没玩过。"天佑说。

"你去研究一下它的人设。"总监说,"市面上买得到,内核挺有想法的。"

"好,我这就去。"天佑说。

"老婆跑了?"总监没头没脑地问了一句。

天佑瞪着总监。总监到底还是问了。他都离了好几年,总监可真沉得住气。

天佑以为总监还会问什么。反正捅破了,他也不怕她多问几句。"我是技术总监,不是婚恋顾问。"总监说。这句真够呛的。"只有技术不离不弃。"总监又说。是的,这才是总监的调调。

等了良久,总监没再问话,天佑才背起电脑包走了出来。

五

一阵门铃响过后,天佑照例下楼开了门。

同款防水围裙,同款褐色袖套,可站在他面前的不是王小玲,而是个半老徐娘,胖得啤酒桶似的。

天佑惊奇地问:"怎么是你?"

"是公司派我来的。"啤酒桶说,"试用期不变,三个月。"

天佑领她进来。

"王小玲呢?"天佑边问边给小玲发微信。

"不晓得,公司那么多人。"啤酒桶说,"或许另谋高就了吧?"

是啊,像小玲这类钟点工,整个蓁城有几千吧?或许是几万呢,天天都像流水一样来来往往,谁有闲心管这个呢?

啤酒桶走进客厅,天佑交代清楚后,坐回电脑前继续写代码。

但不知为什么,脑子乱糟糟的,一组游戏代码编得离了谱。不辞而别?什么情况?是跳槽了?还是改行了?或许回了老家?微信也不回,难道是车祸?或是被拐了?

天佑霍地站了起来,突然觉出自己很可笑。不是吗?一个本分的钟点工而已,不过闲聊过几回。只是长得好看些,其实也谈不上好看,哪个女人年轻时没有几分姿色呢?何况,美爆了又如何?跟他有关系吗?

那之后,佩西未曾来过微信,可能她又搭上了新线,顾不上他了。这也合乎情理。

一个燥热的午夜,心烦意乱的天佑一来气,删除了佩西的微信。

没过几天,佩西却主动加了天佑。天佑迟疑一下,就点了通过验证。半晌,佩西发起语音,支吾着说她来蓁城几天了。"你在哪儿?我来找你。"天佑说。不用了,佩西又支吾了一通,天佑才弄清,她从幼儿园带走了女儿,正要坐动车走。

"不行,你不能带走她!我立马赶来。"天佑又气又急。

恰逢拆迁评估。拆迁办和评估人员来了一大群。为首的说:"小伙子,要带头签字啊。"

"我有要事!"天佑说着,撒腿就跑,把他们甩在家里。

外来车辆堵住了天佑的小车。

天佑几经折腾,赶到车站时,那动车徐徐启动了。佩西还在线。

"你为什么要抢走女儿?究竟为什么?"天佑对着手机嘶吼,"我跟你没完!"

"那个老家伙生不了,我得留个后哪。你可以再娶啊,笨蛋!"佩西顿了顿,又说,"打官司你也不会赢。"

六

当天黄昏,天佑收拾好心情,又去见了一个女人。

他把相亲安排在附近的露天排档。按惯例,他比约定时间早到了片刻,点了几道菜。

不一会儿,迎面走过来一个女人,干瘦的。微信图片上的她,丰腴貌美。显然修图了。

她向他点点头,坐到桌对面。介绍人说她刚离婚,但没讲原因。

看这架势,是死肚子?天佑猜测。他最忌的是女人生育有问题。但他的猜测很快就被否定了。

寒暄一番后,是彼此介绍情况。天佑择其一二说了,面对一个素昧平生的女人,又有什么话题可聊呢?

接着,该是她说了。这期间,菜陆续上来了。偶尔,她动一动筷子,天佑也夹一点,放进嘴里慢慢嚼。

扯到婚史,女人叨叨开了。她说前夫怎样有钱有型,怎样送金送表,热烈追求她,她怎样不顾父母反对跟了他。

天佑听得很不自在,可她谈兴正浓。

菜上齐了,女人清了清嗓子,忽然话锋一转,历数她因为生了个女儿,老公怎样不满,她又是怎样地忍辱负重。

天佑听得心惊肉跳,想起身走人,可她还没说完。

绝望主妇正说到伤心处呢。她喝了口水,皱眉说她怎么发现老公劈腿生子、转移财产以及赶她出门,她带着女儿又是怎么度日如年。女人讲着讲着,捧着脸呜呜哭起来。

天佑动了恻隐之心,耐心劝道:"你快别这样,犯不着跟他那样的人计较,谁会拿他当人看!"

"他当真不是人!父母早这么劝导我。唉,都怪我,不听老人言,吃亏在眼前哪!"女人收住泪,加重了语气说,"当务之急,我得嫁个有钱有势的老公,气死那个畜生!"

离开大排档时,天佑主动扫码买单。他送她上了公交车后,转身徒步回家。

离婚后,天佑见过不少女人,差不多每一次,他都是听众,被逼收下一堆情绪渣滓。每一次都是失望,每一次都没有下文。这次也不例外。

归途的路灯暗淡,蓝月光照不亮他晦暗的心。

七

天佑半躺在浴缸里,身子闲下来,记忆就浮起来。

女儿头顶一坨泡沫,像个鸟巢。小玲弯腰为她抓啊,挠啊,秀发垂下一绺子,扫在眼睛里,然而,眼睛一眨不眨地盯着鸟巢。于是,鸟巢轻轻蠕动,女儿舒服得摇头晃脑。天佑蹲下来挼头揪耳,甚至吆喝,让女儿配合。两人挤在一起,像对夫妻,合力为女儿洗澡。洗完了,女儿还赖在水里扑腾,一次,两次,三次,不知想潜下去,还是飞起来。天佑的心随之怦怦乱跳,也想潜下去,飞起来。

小玲说:"大哥,没了妈妈的宝宝,玩水还快乐吗?"飞溅的水花打湿了小玲鼓鼓的前襟。

一想到小玲,天佑的心就潜下去。不管是跳槽,还是回老家,她都应该跟他道个别,至少发个微信。为什么?不为什么,直觉告诉他,小玲应该会这么做的。后来,天佑不禁发起语音,对方一直没接。这一发,他不安的心又潜深了一层。一个女孩在蓁城,无依无靠的,一切皆有可能啊。

最后一次跟小玲相见是什么时候呢?哦。记起来了,那一回,她不是来做家政的。

那个周日的夜晚,天佑正打算洗澡,门铃响了。这个时间点,通常没人来。天佑以为是隔壁的租户。隔壁租住着一位陪读的阿姨,她的小花猫老是跑丢,来按过几次门铃。

打开院门,居然是小玲。"今天你不休假?"天佑很惊奇。

小玲在附近干活,顺路按了他家门铃。

"进来吧。"天佑客气地说。

小玲款款而进,跟他上了二楼。天佑递给她冰淇淋,她大方地接过来,吃了。然后移步浴室门口,对他说:"我想给宝宝洗个澡。"

当然不必了。女儿被前妻夺走了。浴室空留小黄鸭,还有那个按摩洗头刷,就是她为他洗头按摩用的。

"要不,就帮大哥洗个头吧。我还新买了防脱洗发水呢。"天佑说。

天佑马上从橱里翻出那瓶洗发水,又在架上抽了条毛巾,再把那个洗头刷交给小玲。

这时,书房里传来微信铃音。是曲奇。天佑请小玲稍等,便步入书房聊视频。

视频不算短,谈着谈着,天佑便把浴室里的小玲给忘了。待他关了视频从书房出来,小玲竟然不见了。

曲奇伤心透了,她在二环的天桥上,呼了天佑。她发现新男友有了外遇,顿觉生无可恋,想要跳桥自尽,一了百了。

人命关天!他什么也顾不上了,跳上老爷车飞驰过去。

对了,上回小玲不是来做家政的,莫非她是特意来道别吗?

八

有一次,天佑巧遇了桃桃。

他正打算去公司,站在院外锁门时,听到那桂花树上窸窣声响,下意识抬头,就看见了树杈缝隙里一只鹦鹉。那是个雾天,枝叶又密,那鹦鹉有点像桃桃,但不敢肯定。天佑抱住树干,摇晃着呼唤不迭,鹦鹉翘翘长尾巴,循声探头。他终于看清了,是桃桃,可毛色黯淡多了。他的心一阵刺痛。桃桃盯了他片刻,挪开了视线,它拍动翅膀,飞得更高,站到了树冠中间。天佑试着爬上去,一边高喊桃桃。在树的最高处,桃桃又一次站定望向他,可这次已看不清那对长着红斑的鸟眼。彼此间隔了更稠的雾气。后来,桃桃没再看他,直至在迷雾中飞远。

天佑曾跟佩西说起过桃桃,她开导他说:"倦鸟知返,飞累了,桃桃会回来的。"

然而,桃桃注定是回不来了。

桃桃飞走后的一天。天还热着,天佑晚饭后散步,游移的目光瞥见那桂花树下,有团奇怪的东西。靠近细看,是两只干瘪的鸟爪,几片黄羽毛,他确认是桃桃的。是猫干的好事?是的。边上那撮橘黄色的猫毛,就是罪证。显然,经过了激烈搏斗,柔弱的桃桃还是敌不过凶残的野猫。他希望是一只野猫,千万别是那些家养的宠物猫。一旦被他发现可疑的凶手,天佑真怕自己会杀了它。

天佑心如刀割。他跑回家,关上门,还不行。他只好躲进书房,打开电脑,把游戏音乐调到最大。

可是,不管用。黄羽毛在眼前飘,桃桃在挣扎。

天佑快疯了。思来想去,此刻能帮他的只有曲奇。上回曲奇约他喝茶,他又推辞了。她因此对他心生怨气。明知这微信不该发,天佑还是发了。

曲奇没多问,马上赶来。后来,她去储物室找出一副橡胶手套和一把铲子。全部操作过程,曲奇包了。天佑不忍心看,他一直呆坐在电脑旁。等他从电脑房出来时,那些个羽毛和残骸都消失了。曲奇留了下来,没问天佑,她已在线叫了两份外卖。她又变得小鸟依人的样子。天佑知道,外卖送来后,她会端着饭盒坐过来,靠在他身上,温柔地要求复合。这些年来,他俩时好时坏,那一出戏,她已唱过不知多少遍了。"天佑,我现在才明白,你对我最重要。我一直都相信缘分,同事那么多年就是一种缘分啊,以后,我会好好珍惜你。"

这些台词,听得他耳朵起茧了。可她的语气是那么诚恳,每个字都郑重其事。所以,明知自己是备胎,可每次她靠过来,他都努力回避那些不快,尽量享受重拾旧欢的甜蜜。然而,一旦他以为这甜蜜会长久下去,幸福的小鸟却向高枝飞去,等待他的是日复一日地重修破碎的心灵。

天佑没等曲奇的身体热起来,就已轻轻推开她,起身坐回电脑前,对着电脑屏幕,不冷不热地说:"我就是请你帮个忙,埋鸟。"天佑心里明镜似的,每次传出老城区拆迁的消息,曲奇便对自己热乎起来。消息过后,她掉头就跑,照例寻觅新欢。

"好哇,你家老房子刚要拆迁,就对我摆谱?"

电脑屏没开。漆黑中,天佑看得到曲奇的身影,像是恐怖游戏里的人。天佑对世界的感觉陡然变得糟糕,往往只在一瞬间。这真奇怪。美丽小鸟瞬间变身怪兽,自尊的受损滋生出难以言说的怨恨,反馈给天佑的是尖酸的挖苦,刻毒的唾骂。最后,曲奇从背后重重地拍了一下天佑的脑勺。

曲奇走了,走的时候脸色很难看。她满怀期待而来,失望而归。天佑更是失望,他原来真的以为她会把"好好珍惜"再强调几遍。

九

网上说,逮住鸟后,猫会玩弄几下,再吃。所以,桃桃落入猫口时,不会马上断气。在叫天不应、叫地不灵的猫爪下,濒死的痛苦和恐惧比死更可怕。那阵子,天佑一开电脑,总看到类似的画面,怪兽曲奇蹲在桂花树上,张开血盆大口朝他喊:"来啊,你有种就来!"四下浓雾弥漫,桃桃在曲奇爪下不住挣扎,血珠子一滴一滴往下滴,让人几乎崩溃。

雾越发浓了,屏幕暗下来,天佑突然觉得自己成了那团雾,虚飘飘的,也没个去处。或许可以走亲戚?但天佑听不得亲戚们连番的盘问,你方唱罢我登场,异口同声问着相同的个人问题。

这阵子,佩西和曲奇都发过微信来,可他都没回。他像在偷偷赌气,不是同她们,而是同自己。

赌什么气呢,天佑说不上来。

天佑又在电脑屏幕上看到了桃桃,它被怪兽按在爪下,苦苦挣扎。薄雾缭绕,悲悯地半掩起这惨状。和上回不一样的是,这回桃桃放弃了无济于事的挣扎,它扭过头望了望天佑,接着做出一个让他肃然起敬的举动。当桃桃奋不顾身扑向怪兽时,屏幕浓雾般暗了,天佑回过神来。

晚饭后,天佑关了电脑,出了门。他要去收快递,快递代收驿站就设在巷口。输完密码,代收箱开了,里头有些游戏赠品,还有个纸盒。纸盒轻飘飘的。

天佑辨认了地址,竟然是陕西。看来没出事,小玲只是回了老家。但小玲给他发了什么呢?

一进院门,他就迫不及待把纸盒拆了。填充的泡沫被一个个取出——一个半新不旧的硅胶洗头刷。没错,就是天佑在线买的,后来消失的那个。

盒底还有张照片,背后有几行字:"大哥,我回老家山区支教了。那山区是我的祖籍。我忘不了那儿的留守儿童凄楚又无助的眼神。我家境贫寒,为了读完大学,假期里我一直打工。"

沿台阶一级级上楼,天佑飘忽的心缓缓踏实下来。

"大哥,洗头刷我拿了,想留个纪念。转而一想,我不能随意拿你的东西啊。现寄还给你,请查收。"小玲写道。

二楼到了,书房门开了。

"大哥,当时,我丢了手机,掉了所有信息。过了很久,我才有机会下山买新的。你要是来陕西,给我发微信啊。"小玲还写道。

准备洗澡时,天佑听到外间微信响了。可能是佩西吧,也可能是曲奇。此刻,无论谁的微信,天佑都乐意回。

天佑再次半躺在浴缸里。不过,这一回,他不想潜下去,只想飞出去。年轻人的天是无边的,他的心已飞向了某个远处。

哦,远行时,可别忘了跟总监道别,不然,她发现他忽然离线,铁定抓狂。天佑想。

出了高铁站,或许真会给小玲发微信。为什么呢?不为什么,就想跟她叙叙旧,趁机把洗头刷送给她。

雪团

摄影记者余征派驻四川的前夜,将熟人送给他的贵宾犬雪团托付给阿沅。阿沅和余征供职于蓁城的同一家杂志社,她跑民生新闻。敏感的她从不向男朋友打听雪团的来历,可她能肯定这只泰迪毛型的小白狗一定来自余征的某个相好。因为即便是跟阿沅恋爱期间,余征的绯闻也不间断地传入她的耳朵里,他特有的男人味总会引来甜腻腻的目光。他每次离开蓁城时,阿沅就会担忧他和别的女人好上。

二十八岁的阿沅已跟余征恋爱了三年,近来她好几次暗示他想要结婚,可他总推说:"再等等,我想获个大奖。"比阿沅大八岁的余征从未拿过摄影大奖,得到的都是些小奖。假如连这些小奖也得不到他就死心了,那他或许会承担丈夫和未来爸爸的责任。

阿沅和雪团的感情并不好,尽管小狗白得像团雪,圆圆的面孔,还有一条感情丰富的短尾,煞是可爱。她从不让它在家里乱跑,更不许它碰她一下。以往余征出差三四天的话,会把雪团寄养在一家高档的宠物店,每晚七八十元的费用也承受得了。可这次他外出至少一年,寄养费着实高了,所以才把雪团给阿沅照顾。

雪团从不吠叫,眼神和善,走路也是轻轻的。它那么温柔以至阿沅时常怀疑它是猫咪变种而来。除了早晚两次短暂的户外活动,它成天生活在阳台上蓝色的狗笼里。笼子虽小,但好看又实用,底部有个垫着尿片的扁平厕所,顶上有个四方的小天窗。晚上,雪团安静地睡在里面,不时发出轻微的呼噜声。一到白天,雪团就把事情排得满满的。摇头抓耳、翻转打滚、拨弄玩具、闭目养神,再扒住天窗伸长脖颈朝窗外望望,一点也不无聊。

阿沅知道雪团喜欢狗粮,但不知哪种合它胃口,也懒得去找余征问清楚,因而在吃完了余征留下的狗粮后,就把自己的食物——牛奶、水果、蛋炒饭等等喂给它吃。阿沅发现雪团对这些吃食更感兴趣,一见她在厨房捣弄,它马上站起来,摇头晃脑、哼唧乞食。手头宽裕时,阿沅还会买个比萨什么的跟它分享。不用像模像样地做饭,这是余征离开后难得的好处。

有一次,阿沅剥鸡蛋壳时问雪团:"你想吃吗?"雪团用满是黑眼珠的眼睛盯着她,舔着舌头哼个不停。她拿过一个瓶盖,用指头碾碎蛋黄放在里面。笼门一开,雪团摆动起滚圆的屁股飞快地冲过去。"慢点,没人跟你抢。"它似乎听懂了她的话,显然放慢了速度,咂吧咂吧吃了几口,就抬起沾满黄色碎屑的圆脸,舔了舔她的脚背。不知怎的,阿沅有点喜欢雪团了,所以她第一次没有挪开被舔的脚。

这个白天,阿沅破天荒让雪团在家里跑来跑去。她坐在电脑前,撰写一篇遭受家暴妇女的专题报道。雪团在她脚边转了几圈,趴下,摇着短尾望着她,仿佛能够看懂她写的文章。接下来,阿沅写到赵晴被野蛮的丈夫抓住头发撞墙时,愤怒地重击了一下键盘,雪团闻声倏地站立起来,用两个前爪轮流抓挠她的袖管。

"你也同情赵晴?"阿沅问。

雪团没吭声,只是伸出小舌头,啧啧几个来回舔湿了阿沅的袖管,也舔平了她激愤的情绪。

阿沅温和地瞟了一眼雪团,便低头继续写下去,这时雪团趴在她身上,开始跟着噼里啪啦的打字声响,摇头晃脑起来。"走开,别添乱!"阿沅说。雪团只得趴回原地,再次摇着短尾看着那个电脑屏幕上跳出一个个小黑点。

不知不觉过了饭点,阿沅起身想弄点东西吃,刚转身就发觉雪团耷拉着脑袋站在地板上,脚下有一摊水,黄兮兮的,散发着臊味。"你怎么随地撒尿?"她吼起来。

雪团听了紧缩起小身子,偷眼望着阿沅。它的害怕反而使阿沅冷静了一些,她告诉自己对小狗宽容点,它再聪明也是动物,犯错是难免的。她去厕所找来拖把,把地板清理了好几遍。

下午三点半,赵晴如约来到阿沅家里。赵晴是阿沅的采访对象,就是那个惨遭丈夫家暴多年,直到最近才向社区求救的中年妇女。阿沅约她来,就稿子里的一些细节做最后的确认。长着一对小酒窝的赵晴有几分姿色,只是瘦得厉害,能看见裸露的部位有不少伤痕。一进门,赵晴就向阿沅埋怨:"都怪我爹贪图那个死鬼跑长途运输来钱快,公公又是种田大户,强迫我嫁了他。"她的眼圈红了,"死鬼只要一回来,大半瓶二锅头下肚,就要和我做那事,如果撞上经期不顺他,就会对我拳打脚踢,有时还用烟头烫我。"她哽咽起来,抚摸着小腹说,"我几次肚里有喜了,都给他糟蹋掉了,他还嫌我肚子不争气。"

阿沅一迭声说了几个嗯,类似这样的话赵晴说过好多遍了,阿沅能理解饱受欺凌的赵晴痛苦压抑的心理,但不愿听她无休止的唠叨,赶紧转移话题,唤来雪团陪赵晴。一见雪团,赵晴忧戚的脸上果然浮出几丝笑意,喃喃地说:"我也养过这样一条小白狗,可惜后来死了……"她抱起它,温柔地抚摸着它柔软的皮毛,就像在抚摸自己的小白狗一样。雪团挣扎着跳下来,倏地跑向阿沅,用两个前爪抱紧阿沅的腿。

"它怕生!"阿沅解释道,又对赵晴补充了一个歉意的表情。

"我知道。"赵晴感慨地说,"狗对主人就是忠心!以前出车回来的死鬼一对我动手,小白狗就会吼叫着扑他抓他,打死也不跑。后来他干脆把狗从阳台扔了出去……"说着,她呜呜地哭了。

阿沅见赵晴又哭,竟不知怎么安慰。前几次在杂志社接受采访时,赵晴从头哭到尾。赵晴一哭,阿沅的心就乱了,只好想办法让赵晴抹掉眼泪。现在赵晴又哭了,阿沅似乎再没办法让她止哭。她想起赵晴是为死去的小狗哭泣,或许雪团才是止哭的良药。阿沅赶紧拨开雪团,强迫它去安慰赵晴,谁料它把阿沅抱得更紧,还发出呜呜的低吼,好像在为那条死去的狗狗泄愤。阿沅只好拖着被它抱住的腿递过毛巾给赵晴擦泪,然后走到电脑前,打开快要完工的专题报道。报道上说,赵晴婚后专心在家料理家务,照顾因突发脑病瘫痪在床的公公——公公丧偶多年没有续弦,无人护理。丈夫就成了家里的经济支柱。她因此隐忍了丈夫一次次的家暴,幻想丈夫会良心发现。可他始终不知收敛,直到为她治伤的李医生悄悄报告了社区,这件事才被曝光。

阿沅对赵晴这事不太感兴趣,在她看来,赵晴固然值得同情,家暴更是可恶,可在现代社会,像赵晴这样依附男人过日子的女人,大多结局会很惨的。即便如此,阿沅依然遵照部门主任的指示办事。她只是杂志社的合同工,收入与发稿量挂钩,像这类费时费力的专题报道,稿费抵得上五六篇普通稿件。

送走了依然哭哭啼啼的赵晴,已近黄昏。还没吃午饭的阿沅不想再点外卖,便牵着雪团出门买菜。一到嘈杂的菜场,雪团兴奋起来,它扑来扑去,东闻西嗅,不肯消停。阿沅只得收短牵绳,把它控制在身旁。这个月去掉房租,她手里没剩下几个钱,她称好几块碎排骨,又蹲在箩筐前挑选特价白菜,把掰下的烂叶随手扔在地上,可雪团又把烂叶叼起来放回她手里。她平日里逗它时,常把拖鞋扔出去,示意它叼回来,它照做就有零食奖励,没想到它一见她扔东西,就有了条件反射。

不知就里的卖菜女人嘎嘎地笑起来:"这狗东西,以为在帮你省钱呢。"

回家路上,阿沅迫不及待用微信语音告诉余征:"雪团居然会给我叼菜了。"

"它可不肯给我叼什么!看来,你们处得很好。"他的声音听起来零零落落,还带有点酒意。

阿沅嗲声说:"我是爱屋及乌哦。"

暖风沉醉的黄昏,空气中浮动着甜蜜而潮湿的气息,阿沅想诉说思念、诉说爱意,但那头的他嘟囔了一句什么,微信就断了。她走走停停,不时查看手机,可直到进了小区,他的微信头像也没再闪动。她心里空落落的。

这时的小区里也是空落落的,只有阿沅牵着雪团走在林荫小道上,她闻着从家家户户厨房飘出的一阵阵爆炒的香味,好想跟男友组建一个属于自己的小家。但她知道自己只是他的备胎——如果他到四十来岁还获不了大奖,那么自己就是他的"安慰奖"了。她是那么爱他,每晚抱着他曾经睡过的枕头睡觉,因此尽量回避那些不快的想象,转而回味和他在一起的甜蜜和快乐。她明白,只要和他较真一点,他们的关系就有可能破裂。

恍惚的阿沅被雪团拖着去追逐在树下撒尿的小野狗,可小野狗跑了。雪团失落地闻了闻它留下的尿迹,绕树转几圈,蹲下来撒尿。

阿沅忽然意识到了什么,扯了扯绳,拽不动,才发觉绳子绕在树干上。"小坏蛋,尽添乱!"她俯下身子,想把绳子理顺。一阵绵密的眩晕突如其来,蛛网般劈头盖脸缠住了她。眼前的树干变成幻影,片片树叶打着旋儿向她洒落。她的身体渐渐软下去,倒在金色的叶子里。醒来时,她感觉脸上黏糊糊的,眼前挂着朵小红花,小红花毛糙温热,摩挲着她的脸。过了一会儿,各种口音响起来,还夹杂着一两声狗吠。待眼神逐渐清朗,她惊诧地发现红花原来是雪团的小舌头,那张毛茸茸的狗脸后头挤着几张焦虑的人脸。

保安焦急地问:"要叫救护车吗?"

"不用不用!"阿沅摇摇头。她很快被几双手扶起来。她摸摸后脑勺,不痛;看看全身,东西没少,只是衣服一侧沾上好多泥,还有股狗尿味。她整理了一下绳子,不好意思地对保安说:"没事啦,可能是血糖低了。"她对自己的病情是知道的,因为之前她也时常饿着肚子写稿,结果晕倒过好几次,医生诊断为低血糖。

"没事就好!"保安紧蹙的眉头舒展开来,说:"好险啊!要不是这狗又叫又跳的,我们哪里会知道你晕倒了呢。"保安喘了口气,转身看着雪团继续说:"不过,我们赶到时它已把你舔醒了,这狗真牛!"保安跷起大拇指。

阿沅又惊又喜地看了看雪团,谢过保安,回家了。门一落锁,她跌坐在地,感到一阵后怕。雪团无声地趴在她身旁,全身发抖,一副恐惧的样子。它的恐惧倒让阿沅努力控制住了情绪。她站起来,用双手举起雪团,像小鸡啄米似的亲吻它:"你居然会叫了,为了救我!"她小声问道,"你舔醒了我,是吗?"雪团扑打着两只大耳朵,很兴奋。

从此,阿沅和雪团成了相依为命的好朋友,她和它几乎形影不离。天气渐渐转凉,每晚雪团还睡在光秃秃的狗厕所里。那样睡不冷吗?阿沅想。难怪雪团近来看起来恹恹的。她该给它买个垫子。阿沅网购了一个南瓜垫,让它睡在里头。可它在南瓜垫上踩几下立马跳了出来,就在地板上睡着了。阿沅怕它受凉,在它身子底下铺了块粉色小毛毯。翌日遛狗时,阿沅发现它拉的屎有点稀。她揣测是水喂多了,接下来,她减少了水量,它却并没有好转。她弄不明白,很想问问余征,可想起他上次语音通话时的冷漠,好几次拿起手机又放下了。

星期六早上,阿沅带着雪团慢慢踱到公园,遇上正在遛狗的部门主任。跟主任说话时,雪团挣脱了牵引绳,追着主任的比熊犬奔到草地上。"雪团,回来!"阿沅慌忙叫喊。

主任嘿嘿笑道:"它们喜欢一起玩。"说着,主任挥挥手喊了一声,比熊犬立刻撒开短腿穿过草丛跑回来,屁颠屁颠跟着她走了。

雪团伸长脖子望望比熊犬,并没有追赶,也没回来。它就地躺下,在草地上滚来滚去尽情撒欢,白白的卷毛上沾满了草屑和泥土。

阿沅气呼呼地一跺脚,指着雪团威胁道:"你待着吧,我走了。"说罢,转身欲走。雪团见势不妙,飞快地朝她狂奔过来。"傻瓜,逗你的。"她抚着它的小脑袋说。

回家的路上,雪团一步一回头,看着渐行渐远的那片绿色草地,不愿离去。阿沅忽然醒悟到,它肯定喜欢草地柔软又清新的感觉。而南瓜垫又硬又有怪味,怪不得它待不住了。回到家,她用几件旧的棉毛衫,拼拼凑凑做成个布袋,又把旧毛衣拆开,晒了,然后塞进布袋里,粗针大线缝上。她刚把这个手工垫子放到地板上,雪团就迫不及待地跳上去,使劲刨几下就趴下了,然后缓缓地翻过身子,弯曲着四条短腿,仰天躺着。她蹲下,轻轻抚摸着雪团细嫩白皙的肚皮,直摸得它发出呼噜声方才停止。第二天遛狗时,她惊喜地发现,它的大便恢复了正常。她这才意识到,它拉稀是因为肚子受凉了,那块小毛毯不足以御寒。从此,它每天都睡在这个手工垫子上。

阿沅兴致勃勃地向余征谈起手工垫子这件事。可他好像提不起精神来。他的微信语音沙哑,只说了句敷衍的话:"你倒成了个好主人。"他甚至没有向她表达谢意。阿沅本想问问他摄影的进展情况,见他沉默,也就忍了。等了几秒,没说一声再见,他就断了线。

一两个月后,那篇家暴的专题报道顺利刊发。现在阿沅可以放宽心了——稿费快到手,看来房租、添衣、购物样样都有了着落,甚至还有余钱给雪团买好吃的。阿沅喜形于色,时常抱着雪团哼小调。哪知到了月底,工资卡上未多一分钱。主任好几天不见人影,阿沅也无从询问。又一个星期六早上,阿沅恰好在公园遇上了主任,便不客气地问:"我的那笔稿费呢?"主任优雅地往长椅上一坐,解开比熊的牵引绳任它跑。"你也放狗去玩吧。"主任说。

阿沅认为主任故意岔开话题,可还是听她的放开了雪团。雪团可能感受到了阿沅的不快,并没有追着比熊犬去玩,而是昂起头坐在阿沅腿旁,死死盯着主任。

主任沉吟片刻,才说:"你那篇稿子惹了麻烦,社里暂时不会给钱。"阿沅惊愕地张大了嘴。主任捋捋长发,为难地说:"赵晴的丈夫来找领导闹过,说他没打过老婆,你的报道不实。你还教唆他老婆离婚。"

"怎么会这样?"阿沅心里一紧。她发稿前让赵晴签过字,因此并不担心惹上官司。可就怕赵晴的丈夫纠缠不休,领导为了息事宁人,不但不给稿费,甚至还会砸了她的饭碗。如今找份稳定的工作可不容易。阿沅越想越怕。

主任摊开双手,蹙着眉说:"我也没法子。"话音刚落,她站起来指着雪团说,"你别只顾玩狗,摆平那个家伙要紧。"阿沅木然地点点头。

这是你拍板定的题材,现在出了事,居然要我一个人扛?阿沅极力控制着自己的情绪,可双腿还是瑟瑟发抖。身边的雪团似乎感觉到了什么,突然朝主任的脚扑去,奋力抓挠她的皮鞋。

主任抬脚向它踢去:"滚开!这是进口皮鞋!"

被踢得嗷嗷直叫的雪团只得跑回阿沅身边。"蠢蛋,谁让你抓的!"阿沅轻拍它一下,转脸见主任的休闲皮鞋上多了几道淡淡的抓痕,连连道歉。

主任只能自认倒霉。"你去找赵晴吧。"她甩下此话,唤回比熊犬,扬长而去。

犹豫了几个礼拜,阿沅才按主任说的去找赵晴。即使找了赵晴,她还是担心要得到报酬可能会很困难——她从来没有处理过此类纠纷,也找不到有头有脸的亲朋好友为她出头。因为路途遥远,她本没打算带雪团出门,但她一换衣服,就看到雪团蹲守在门口,尖叫着,一声比一声叫得高。

"跟屁虫!"阿沅不忍抛下它,于是给它拴上绳子,一起前往赵晴家。

这是个阴天,空气中竟带了几分秋日的清冷。阿沅在城郊下了车,步行在土路上。几只毛色驳杂的狗好奇地围拢过来,雪团也摇着尾巴疯狂地跟它们追逐嬉闹。阿沅寻机绕开狗群拔腿就跑,可她手牵雪团奔跑的速度没有大狗快,一眨眼大狗们就抢到她的前头,又蹦又跳地挡住她和雪团的去路。阿沅知道它们这样做是为了取乐,不承想无论她怎么逃跑和叫喊,狗狗们就是不让道。所以疲惫的她只好站在旁边,喘着粗气,看雪团奋勇地穿梭于狗堆里,打算伺机杀出重围。她有点惊愕,小雪团一点不怕那些陌生的大狗狗,她想主任说得对,狗跟同类玩耍才会真心快活。当然她也知道,只要主人有求,狗狗总会舍弃快活,守护主人。阿沅始终无法解围,只好给赵晴打电话求救。

赵晴拿着木棍从住处跑出来驱散了狗狗们,她的伤好了,只是身上留下了不少疤痕。阿沅敏感地注意到赵晴开朗多了,穿着也鲜亮了起来。她们带着雪团,很快到了赵晴家。赵晴和一个陌生男人热情接待了阿沅。

赵晴指着去厨房忙碌的陌生男人说:"这位是在附近开诊所的李医生,他给我送药来。"她干咳了一声又说,"他为我治好了外伤,还有点内伤,我在他那里边帮忙边治疗。"

"你的变化真大!"阿沅很高兴。不过此时她对这个话题并不感兴趣,只想快点解决自己的麻烦。她唤回到处乱嗅的雪团,在条凳上坐下,将来意细说了一遍,谈到为难处,她竟掉了眼泪。这时,雪团突然跳上她的膝盖,把毛绒绒的狗脸凑近,伸长舌头去舔掉她的泪水,连同她的忧伤。

阿沅瞬间心里暖和起来,嘴里却说:"讨厌!"她轻轻推开了雪团,从包里掏出手纸擦干眼泪。

赵晴惊讶地说:"上次我可没发现小东西这么懂事,它还会别的吗?"

"会啊!它能给我叼菜。"阿沅说。

"哈哈,真聪明!"赵晴向雪团招手,"过来,小东西。"雪团却不理会她的手。"要是我的小白狗活着就好了!"她叹口气,垂下眼帘。

阿沅心头一酸,赶紧按住雪团的小脑袋,让赵晴过来摸了摸它。摸过雪团的赵晴脸上有了笑容。

阿沅没费多少口舌就得到了赵晴的支持,方法是赵晴离婚时,主动放弃这套房子,她这不仅是为了帮阿沅,也为了让自己早点解脱。离婚后她打算搬到李医生家里去住。这让阿沅很感动,以至于忘了夜里赶路的危险,爽快答应赵晴共用晚餐的邀请。大家刚动筷子,满脸堆笑的阿沅就站起来,以饮料代酒对他们表达谢意。她的敬酒倒让他们坐不住了。赵晴放下筷子,夹了一大块红烧肉给雪团吃,又用公勺给阿沅舀了碗鸡汤,感激地说:"该谢的是你,看了你的文章,我才有勇气这么做。"

"对,我也受了你文章的启发,才敢公开支持她。"李医生咕咚咕咚喝下几口烧酒,壮了壮胆又说,"我俩是邻居,从小一起长大。我喜欢她的温柔贤惠,还有那对好看的小酒窝。"他甜蜜蜜地看了看赵晴,继续对阿沅说,"那时我父亲早逝,家里穷,心里有了秘密也不敢对她说。我上大学那几年,幸亏她照料我多病的母亲和爷爷,还偷偷寄钱给我零用。可还没等我学成回来娶她,她已被迫嫁给了那个恶魔头。"不知是酒精作祟,还是内心的伤痛,李医生已满脸通红,两眼布满了血丝,他低下头,沉默不语。

赵晴赶忙站起来,跟李医生交换了杯子,又给他加满了饮料,说:"之前,他在城里一家私人医院干得好好的,还讨了个城里老婆,生了个胖小子。"她抿了抿李医生杯里的烧酒,皱起眉头说,"可惜没过几年好日子,他老婆就病死了。后来,他听说了我的事,竟然辞了职,带上儿子回来开了个小诊所。"赵晴站起来为阿沅夹了个荷包蛋,接着说,"他怕人嚼舌根,只能暗中帮我忙。直到读了你的文章,才和我说了那个秘密——他想娶我做老婆。"这时赵晴脸上泛起了红晕,她情不自禁举起烧酒和阿沅以及李医生的饮料碰了下杯。听到碰杯声的雪团抖抖地直立起来,摇头摆尾舔着舌头。"小馋虫!"喝过饮料的李医生又来了精神,他找来小碗,为雪团也倒了点饮料。

阿沅对他俩的话感到意外,她并不认为自己的文章有这么神奇的功效。像赵晴这样漂亮贤淑、慷慨大方的女人,肯定会讨李医生喜欢的,再说他俩本来就是青梅竹马,感情一向很好,只是因为赵晴的父亲嫌贫爱富,才使他俩的婚约变得这么遥远。

饭后,阿沅望着忙里忙外的李医生,感慨道:"赵晴,你总算熬出头了。"

"嗯,没有他,我早见阎王爷了。"赵晴端出水果,切下一片苹果放到雪团嘴边,它一口咬住。闻着饭菜香味的雪团一直黏糊在阿沅身旁,随时等着吃一口。她又把剩下的苹果递给阿沅。

汗津津的李医生从厨房出来,拨开啃着果皮残渣的雪团,有条不紊地收拾停当,又为阿沅续上茶水。手捧热腾腾的茶杯,阿沅心头一酸,不由得想起了男友余征冷漠的面孔,顿觉心灰意冷。幸好,她身边跟着忠心又有灵性的小雪团,看着它围着自己摇头摆尾的样子,她心里温暖了起来。

天黑了,蒙蒙细雨随风飘来。阿沅在车站告别赵晴他们,带着雪团坐车回到市区。她没有带伞,觉得这样淋着小雨静静走路的感觉挺不错。小区附近的路灯坏了,她有些害怕,牵着雪团加快了脚步。不知哪个缺德鬼偷走了路边的窨井盖,黑暗中,她的左脚踩空跌倒了,牵引绳和皮包散落在地,皮鞋咚地掉入井底。这时,一个白影应声向井里蹿去,接着是嘭的一声闷响。她愣了愣,随即反应过来,是雪团跳下了井。"雪团!快爬上来!"她扑到井口,举起手机向下看,还好是口旱井,也不算深。这时雪团已经叼住了她的皮鞋,正拼命向上爬。可它身子笨重,爪子也不够锋利,一次次扒拉着井壁爬到半途,又掉了下去。"加油!加油!"她高喊着,为它鼓劲。可它很快就没力气了,蹲在井底,哼哧哼哧喘着粗气。井壁上沾了一道道红色的血痕。她慌乱地哭起来,哭声惊动了行人。两个好心的小伙子冒雨找来绳子,攀着下了窨井,给瑟瑟发抖的雪团系上,让围观的人把它拉了上去。雪团得救了,它嘴里还紧紧叼着阿沅那只皮鞋。阿沅颤抖着,使劲抱住了湿淋淋的雪团。

　　雪团的这个故事很快在小区周围不胫而走,阿沅的街坊邻居都认识了忠心耿耿的雪团,只要它一出现,便会受到人们的啧啧称赞,有些人还干脆登门来看这只不寻常的小狗。可它并不因此感到快活,只是成天躺在软垫上,无精打采地舔着上了药膏的爪子。它怎么啦?是爪子痛?可它的爪子只是受了点皮外伤,且因连续涂药已见好转。难不成感冒了？对了！阿沉记起叼鞋那天淋雨后，它打了几个喷嚏。她习惯性地把感冒药拌在它爱吃的罐头里，它闻了闻，依然一动不动。她只得发微信问余征，余征猜测狗可能发情了。她追问道："它上次发情是什么时候？有什么症状？"余征说他不知道，让她百度一下。她说："你养了它那么久，怎么会不知道？"余征争辩说："狗是它旧主人过来照顾的。"话一出口，他才发现说漏了嘴。阿沉没再问下去，或许旧主人真的每天去照顾小狗，那余征不了解狗的特性也情有可原。但阿沉觉得那是不太可能的。她抚摸雪团时，突然发现它长毛下还有几处很深的伤痕，这显然是它叼鞋留下的，怪不得它近来老是病恹恹的，一点食欲也没有。

看雪团这个样，阿沉既心疼又焦急。她立马顶风抱着雪团去找兽医，走到半路，它使劲扭动起身子，她知道它要拉了。才放下它，橄榄状的狗屎就一粒一粒滚落在地。不好！忘记带装狗屎的袋子了。她只好去摘几片大树叶包裹狗屎。刚走开几步，她就听到雪团凄惨的狂叫声。她扭过头，只见昏黄的路灯下，一个彪形大汉抓住雪团，把它扔在电瓶车筐里："我带它回去玩玩。"他撂下一句话，转眼就骑车跑了。风儿带来一阵阵雪团汪汪的求救声，由近及远。"雪团！雪团！"她大声喊着，急忙追去，眼睛盯住大汉逃跑的方向。她踢掉凉拖,继续追赶,并不停地呼叫它的名字,一阵狂风扑面而来,她张不开嘴,视线里没有了雪团。"雪团,雪团,你在哪里?"她呼喊着,疯狂地四处求救。她用尽全身力气寻找,也没见雪团的影子。

  雪团被抢走后,阿沅在微信、电话里不间断地寻找雪团的下落,甚至还打印了重奖悬赏的寻狗启事到处散发和张贴,可到头来却一无所获。没有了雪团,好几天阿沅都没有心思去采访,只是心不在焉地坐在电脑旁,手里拨弄着那个手工垫子。那天下午赵晴来了,她给阿沅带来了喜讯——因为她愿意净身出户,舆论压力重重的丈夫很快跟她离了婚。因此阿沅的稿费是板上钉钉了。对这个盼望已久的好消息,阿沅居然没啥反应,只是一遍遍向赵晴诉说着雪团被抢走时的情形。赵晴待不住了,泪水涟涟说她马上帮忙去寻找雪团。赵晴离开后,阿沅在电话里哭着告诉余征雪团被人抢走了,怎么也找不到,可他似乎并不在意:"哎呀,你听起来好像死了亲人。"

  "我难受死了。"阿沅哽咽着说。

  "你真傻,如果你喜欢小狗,可以问朋友要一个。"阿沅还没来得及回话,他又急着说,"我有事,现在不跟你多讲了。"他无所谓的态度刺痛了她,她不禁怨恨起他来,仿佛雪团是因他才被抢走的。他一定早把雪团丢在脑后了。她知道自己对他的失望由来已久,且愈来愈深。或许真到了该主动和他分手的时候了。连普通的家庭妇女赵晴都懂得适时放手,自己为什么不能呢?

日子在不咸不淡中滑过,薄情寡义的男友余征渐渐淡出了阿沅的生活,而忠诚聪明的雪团却越发让她惦念。做饭或是写稿的时候,她总像听到雪团扒拉门板的声音,便时不时打开门看看,可每次都很失望。一天深夜,阿沅又听到了熟悉的扒门声。她开门一看,心头狂喜:雪团真的回来了!她一把抱紧它,雪团泪水涟涟缩在她怀里。她这才发现它浑身是伤,白毛扭结成团,粘成一绺一绺,脏兮兮地垂下来,脖子上还有道很深的勒痕,显然是它挣断了牵引绳偷跑回来的。随它一起回来的,还有一只刚刚会跑的小奶狗,看样子是雪团的小宝宝。阿沅柔声问雪团:"它是你的宝宝吗?"雪团瞪着眼睛看着她。她放下雪团,试探着抱起小奶狗。雪团缓缓放松下来,躺在她脚下露出了伤痕累累的肚皮。阿沅腾出一只手摸着雪团的伤痕,心里很难过。

第二天,阿沅起了个大早,打算带雪团去看兽医。哪知雪团静静地躺在手工垫子上,小奶狗在它身上爬着拱着,可雪团一点反应也没有。她赶紧抱起了雪团,没了气息的它身体还有余温。她疯了一样抱着雪团跑到宠物医院,恳求医生救活它。医生检查过后告诉阿沅,雪团旧伤未好又添新伤,再加上生完小狗后没得到休养,现已回天无力了。阿沅这才明白,雪团肯定知道自己快不行了,所以拼尽最后一点力气,带着一只狗宝宝逃回她身边,希望她能救自己。她泪眼婆娑地抚摸着雪团渐冷的身体,自责没能保护好她的好朋友。

阿沅把雪团的尸体带回家,放在手工垫子上,看了又看。雪团看上去很不平静,它是带着伤痛和遗憾死去的,它最后的时光很凄惨。阿沅无法原谅自己的疏忽大意,更加痛恨那个抢狗的可恶大汉。没错,一定是雪团老想着旧主人而不服大汉的管教,因此他一次次残忍地打它直到奄奄一息。他一定会遭到报应的,阿沅愤愤地想。她特意穿上雪团从窨井里叼出的皮鞋,来到山脚的大树下挖了个深坑,把睡在手工垫子上的雪团放进去,用黄土掩好,还用乱石做了个别致的坟头。"雪团,我会常来陪你的。"阿沅念念有词地拜了三下,她相信它肯定听到了。随后她席地而坐,翻看着手机里它的一段段视频,直到夕阳西下,才站起来拍拍裤子上的尘土,放好它爱吃的晚饭——牛奶、苹果和蛋炒饭,然后流着泪告别了昔日与她惺惺相惜的雪团。

主任得知了雪团的死讯,对阿沅说:"那只笨狗,还抓我的皮鞋,死了让你省心。"没等阿沅回话,主任又说,"赵晴敢于离婚,走上社会寻找工作和爱情,是女性励志的典范。你再追踪报道,我们杂志销量一定会翻番。"说着,她递给阿沅一个厚厚的信封,"给!那笔稿费。"

阿沅生硬地接过稿费,没说一个谢字就转身回家了。一开门,她就看到雪团的宝宝安详地卧在它妈妈睡过的笼子里,像是睡了,又像没睡,不停地抖动着身子,嘴里发出哼哼唧唧的声音,好像是在轻声呼唤着它妈妈。

阿沅上前问道:"你想妈妈了吗?"她把蛋黄弄散后放在那个瓶盖里,给它吃,"这是你妈妈最喜欢吃的。"

阿沅无时无刻不在想念她的雪团。她知道没有狗可以取代雪团,但同时也很感激雪团的这种好意,还给她留下了念想。她因此有点喜欢这只小奶狗了。带着失去雪团的痛苦,她将全部精力投入这篇后续报道中,并很快就完稿了。

看过阿沅的初稿后,主任坐在办公室的沙发上,神秘兮兮地说:"奇怪,这篇和上一篇差异好大。"

"你是说这篇很糟糕?"阿沅瞥见主任古怪的神情,有点紧张。

"不能这么说,但这篇看得我想哭。要不,朗读几段给我听听,你自己也感受一下。"主任说。

阿沅带着忧伤一句一句地读,文句好像从是她的内心深处流淌出来的。她通过屡遭丈夫家暴的赵晴失去了青春和婚姻的悲剧,哀叹了自己失去心爱男友和雪团的痛苦。阿沅的声音带着哭腔,整个身子微微颤抖着。这在以前的试读中从未有过。

主任觉得阿沅的情绪过了头,但文章的感染力还是客观存在的,她挪动了一下屁股,说:"能打动人就好,我欣赏。"她低头快速翻动稿子,"不过,内容重点应该落在赵晴的自立自强上,你有点偏题了。"

"我也感觉到了。"阿沅叹了口气。

主任说:"文章的煽动性要保留,内容再调整一下。"

"那要一两周才行。"

主任慢吞吞地站起来:"好吧。"

阿沅动手修改后续报道。她很勤奋,甚至顾不上吃饭睡觉,几天就累垮了。她不得不倚在沙发上,即使休息也无法抑制脑海中奔涌出的文字。晚上她继续写,尽管疲惫,可她很亢奋,以至忽略了在笼子里又叫又闹的小奶狗。

一天晚上,阿沅下班回家,发现小奶狗打翻了笼子里的水盆,浑身透湿,正发着抖。她顾不上换鞋,熟练地给它洗了个澡,又用电吹风吹干。之前为了省钱,她每周都帮雪团洗澡美容。小奶狗的绒毛长了、白了,吹得蓬松松的,活脱脱就像手机视频里的雪团了,只是小了点而已。她蹲着清理它的屎尿时,小奶狗摇动柔软的小尾巴,哆哆嗦嗦地在她脚边转来转去。"你冷吗?"也该给它做个手工垫子了,阿沅想。突然,小奶狗停下来,歪歪斜斜地爬上她膝盖,伸长圆圆的舌头舔了舔她的脸,一股说不出的滋味顿时从她心头泛起。

瘦身

在那个刚刚逃离酷暑的初秋,陈小曼和奚杰先后有过不少打算。起初,他们想就近找一家量贩式KTV,点上几瓶啤酒,扯开喉咙放纵一晚;不久又想去郊外太湖公园骑着双人车吹吹风;后来还冒出过这个念头——索性乘飞机去新疆徒步穿越美丽的大草原什么的,反正不管到哪儿,他们只求能远离一次枯燥的健身房就好。他们也知道这些都不难,大不了请几天假。可实际上,在那些秋高气爽的日子里,他俩哪里也没去成,直到小曼办好签证离开蓁城。

说不清是什么妨碍了他们。按理说奚杰独自住在健身房里,而小曼的丈夫在C国打理生意,所以他们想出门,不会有任何麻烦。

奚杰说:"真不好意思,策划了小半年,哪儿都没带你去。"

"没关系。"小曼安慰他,"现在这样,不是很好吗?"

小曼躺在热乎乎的被窝里,懒懒地伸出胳膊,活动一下酸痛的身子。奚杰伸手捏她:"宝贝,你身材好多了,我喜欢。"他嬉笑着,"又掉了点肉吧?看来健身管用。"他称呼她"宝贝",她嫌肉麻,但不知怎的他一直坚持这么叫她,时间长了,她也就习惯了。

对于小曼的身材,很多喜欢她的男人都夸过,当然,奚杰的夸奖与他们不同,带着房里的气息。她却对此不以为然,特别是面对奚杰这个小自己十来岁的大男孩。快四十岁且早已婚育过的女人,身材能有多好?

奚杰突然掀开被子,侧身抬起右脚钩住她的左脚踝,使劲夹住,同时快速解开她的睡衣扣子。

"滚蛋!"小曼已料到他要干吗了。她倏地抓起滑落的被子,踢蹬双脚挣开他的纠缠。

"让我看看你的身体。"奚杰不放松。

"不能!"小曼喘着粗气喊道。

奚杰狡黠地安慰道:"我只是想验证你健身的效果。"

"绝对不能!"小曼冷不丁咬了他一口,挣扎着跳下床。她的身材还算匀称,穿什么都好看。可没了服饰的遮掩,就难说了。肚皮上淡淡的妊娠纹、剖腹产留下的刀痕,还有上臂和腰腹的少许赘肉,都令她沮丧。

"哎呀,都这样了,还怕检查吗?"奚杰厚着脸皮说。其实也不是没让他检查过,因为人体脂肪含量除了机器检测外,手工检查也是个好办法,所以每个训练周期下来,她总让他在身上捏来捏去检测效果。可那都是隔着运动衣呀!她从来没允许他看清过自己的裸体,真的,一次也没有。奚杰常趁她熟睡着,掀她睡衣,想偷窥她的肉体,总被警觉的她制止。有一次,她洗澡忘了上插销,他突然闯进来,一把抱住了正用毛巾擦拭湿漉漉身体的她,情急中她报以老拳才让他罢休。对此,小曼挺不满意,这次也不让步。她披上外衣,斜躺在沙发上。

奚杰说他这是喜欢她,还露骨地说要是自己有,谁还要看她的呢?继而话锋一转,笑嘻嘻地提出先让小曼看看自己。他光着身子,手臂侧弯,摆出个姿势,调侃道:"宝贝,免费参观,过期作废!"他朝她身边一站,竟撩得她如同少女一样心神荡漾,微红着脸在心中暗叫道:好帅啊!

一个让小曼不得不佩服的好身材!高个、宽肩、长腿,小麦色的肌肉泛着傲人的光,六块凸起的腹肌有某种催人奋进的东西。

小曼不由得起身,抬起头,不眨眼地上下扫视着他,还伸手摸了摸他手臂上刚被她咬过的牙印,牙印里透着缕缕血丝。

"疼吗?"她柔声说。

他的头摇得像拨浪鼓。

她听得到他的呼吸,她知道,此刻自己的灵魂已开始越境,她不禁抱住了他。她抱着他,仿佛抱住了青春。

他不由得心荡神摇,一口气把她抱到床上,扒她的裤子。

小曼突然回过神来,从他怀里溜了。

"傻瓜,别闹了!起床吧。"她把衣服丢给他。

奚杰从体校毕业几年了,借了债在蓁城开了这家小型健身房,据他说生意还过得去。陈小曼在丈夫的大陆分公司工作,上不上班也没人管。这阵子,她忙着办签证,打算去 C 国跟丈夫儿子团聚。她虽是独居,可邻居都是熟人,两人每天同时进出不方便,所以大部分时间就住在奚杰这儿,空闲时两人聊天、亲热、健身,偶尔弄点好吃的。

这种关系说不清,既不算恋爱,更不是夫妻,却如胶似漆。

确切地说,小曼和奚杰是因微信而结缘的。几个月前,她在夜店根据调酒师的演示摇动了手机。哪知乍一摇,奚杰的微信头像便出现在她的手机上。奚杰节制有礼的问候令她生出了好感。他们就互相加了好友。那晚她趴在吧台上,喝着酒翻遍了他的朋友圈:他喜欢长跑,居然获过全国马拉松赛季军;他喜欢冲浪,有他搏击浪花的照片;他喜欢骑跑车——每个动态都秀出一身结实的肌肉,这是她很喜欢的。尤其翻看到奚杰是健身教练后,久违的躁动在她心头渐渐涌起。她从不记得自己的生理年龄,她感到自己像他一样充满活力,而两个陌生人同时摇动手机,正是命运给予他们玄而又玄的暗示。

紧接着就是频繁地交流。交流了个把月,两人就同居了。在约会之前,他们的关系止于微信,也就聊聊关于健身的话题,聊得再详细一点,也不过是兴趣爱好、身形体重和保养常识之类。微信上的密集交流,让两人相互信任,继而彼此产生好感。然而,发展下去会是什么样呢?浮皮潦草的瞎聊又能使彼此了解多少呢?从两人关系的进展来看,这好感是感情深化的基础。可是,如果小曼没有主动提出见面,或是见了面后,奚杰没有执意邀请小曼到自己的健身房看看,或者小曼不准奚杰手把手、身贴身教她练习器械,那从前的好感也终会归于平淡。然而,生活没有如果,只有结果和后果。

"宝贝,那时你可真黏人啊。我还在奇怪,谁会看得上我这个没房没车还一屁股债的穷小子?"奚杰穿好衣服挨着她坐在沙发上,"我洗个澡的工夫,你的信息就积了一堆。"

"是吗?"小曼的语气略带疑惑,显然是故意的。

奚杰说:"你别装了!我不信你忘了。那时你总故意逗我,让我受不了。"

小曼当然记得,通过微信认识他之后是热切交流,话题多得说不完,她常说喜欢他的肌肉,讲着讲着就说到那个事了。明摆着"热切"和"说不完"只是她的表现,他不过是礼貌回应,好像陌生人初识时一样谨慎。

奚杰说:"当时你总缠着我,我每晚被你聊得上火,总想马上把你摁倒。唉,上当了。"

"谁让你上当了?"这句话小曼没说出口,只是在心里想。这是他第二次对她抱怨"上当"了。那时她给他密集地发微信时,还一直跟丈夫视频聊天,以至于有一次被奚杰发现她已有家庭时,非常委屈地诘问她:"既然这样,你为啥还要夜夜撩我?我上当啦!"

"上当",这可以说是严厉的指责,她知道,也接受,心里无端涌起一种不洁的滋味。但这种滋味没能遏制她接下去的沉沦。丈夫固执地丢下她,带着儿子到国外谋生,一两年不回家是常态,偶尔在身边,也没有多少有深度的交流,平日里彼此就靠手机聊天维持着夫妻关系,每次老公的声音传到她这边时,头脑里总会冒出个词:画饼充饥,她知道这词很对。这不,老公的话语,从来没有填满过她内心的空落,没有,一点也没有!她害怕夜里独处,经常会去那家熟悉的足疗店过夜。即便在家里,她也会打开电视,让声音填满空间,到了深夜就在这声音的陪伴下酣睡一会儿,然后爬起来,用一种梦游的状态摸到遥控器的按钮,摁下。她感到难受,难受得越发沉沦。而奚杰的出现使她好像有了归属感,那夜深时刻神魂颠倒后的喁喁私语,让她在满足了生理需要的同时,不再感到害怕与寂寞。她甚至隐约期望,签证暂时办不下来。所以天哪,她的沉沦好像是一个无声的抗议了。

"我心甘情愿上你的当。"奚杰伸出右手小指和她拉钩:"我永不后悔!后悔是小狗。"他误解了小曼的沉默,以为"上当"这词伤了她,所以赶紧向她表忠心。他的左手不失时机地在她鼓鼓的胸前游走。

小曼被他的孩子气逗得笑了起来,笑得前仰后合。奚杰一把抱住她,缓缓放倒在沙发上,俯下身子,把舌头伸进她的嘴里乱搅,含混地说:"宝贝,我想了。"

"我——也——想。"她搂紧他的脖子,呼吸急促起来,一字一顿地说。

这时,出行的打算再次成了打算。

也不是从来没外出过。有时候,奚杰会坐小曼的车把健身房的毛巾送出去干洗,过几天再取回来;生意清淡的日子,他们会找僻静的小饭店吃饭。当然这些都是偶尔为之,不属打算范围。平日里,他对食物很挑剔,严格计算着每天摄入的卡路里,所以几乎每餐都自己动手。她搬来以后,他把她那份也顺带做了。虽然他比她小好多,好像一切由她安排更为妥当。可他知道,她是希望由自己来安排的。让她把他当作一个同龄人,甚至,被视作大哥更好。他真想喊她妹妹,这会让他感到自信和幸福。或许,喊她"宝贝"就是"妹妹"最恰当的代名词。

有几次,小曼载他出去买菜时,笑嘻嘻地提出:"我在你这里办个健身年卡吧,标准最高的那种。"她感觉他手头很紧,本想主动出钱,又怕他难堪,才采取这个折中的办法。她的话,好像使他茅塞顿开,他对她说:"对呀,我都成你的私人教练和男保姆了,要收费啦。"她的善解人意感动了他,可他却放不下男人的自尊。过了一会儿,他说:"我是你男人,收自己女人的钱,不地道。要不,这样吧——"他抹了抹头发,坏笑着说,"从今以后,你什么都听我的吧!"他眼珠子骨碌碌一转,用命令式的口气说,"快把车停到桥洞里去!"

小曼莫名其妙地把车开进桥洞,停下。

"你想干吗?"

见小曼很警觉,奚杰嬉皮笑脸地摸着她的大腿说:"在车里玩玩呗。"

奚杰就是这样,喜欢在稀奇古怪的场所做那事。在吃饭时,他会突然从背后抱住正嚼着东西的她解裤子;他会一丝不挂地闯进洗手间,按住正在洗漱的她扒衣服;健身房没人的时候,他会猛地把大汗淋漓的她扑倒在器械上,迫不及待地干一阵。现在,他居然想要尝试车震。这大白天的,离这里一箭之地是马路,车水马龙。虽然桥下偏僻,可路人也不少,谁能担保没人好奇地盯上这辆咣咣震动着的车子。

"不像话!"小曼固定了方向盘,恶狠狠地说。

奚杰手忙脚乱地解裤子拉链,嘴里嘀咕着:"看不见的,遮阳膜这么厚。真被看到也没什么,不就那么回事嘛。"接着他瞪着她不满地说:"你怎么还没脱?想急死我啊。平时都是你急着帮我脱的。"他特别喜欢那种被她需要的感觉。她的热烈能唤醒他心底的柔情。

"你是知道的,我喜欢在房里做,黑灯瞎火的,多好。"她抬高了嗓门,语气却柔和了些。

"换换花样嘛,包你受用!"他不由分说把手伸进她裙里,扒她的连裤袜。

小曼用右肘奋力推开他,一脚油门冲出了桥洞。

"你休想!"她说。她不喜欢男人有征服欲。可他一直都在试图征服她,或者说是改变她。实际上,从住进这个健身房开始,奚杰正渐渐地改变着她。她不自觉地学会了每天的科学用餐。早晨,他让她先喝一杯现榨果汁,然后食用全麦面包和鸡蛋,临了,再喝一杯脱脂牛奶。原来早餐桌上的油条啊,炸鸡啊,比萨啊,都被换掉了。中晚餐由少油低盐高蛋白的鸡肉、鱼虾和蔬菜沙拉等组成。她爱吃的狮子头、蹄髈之类的食物也彻底消失了。因为她每天的饮食保质保量又定时,坚守在她身上多年的赘肉,居然渐渐减少了,她的老胃病也不见踪影了。她学会了骑跑车,还爱上了长跑。就像感冒病菌一样,他甚至感染到她的大脑里。"你怎么只喜欢言情小说而不读点健身的理论呢?"他时常对她说。

那天,小曼正在健身房的跑步机上"走路",奚杰突然走过来。按理他在指导一个年轻的小女人做增肌训练的。

看着小曼笃悠悠的脚步,他惊愕地张大了嘴。

"你这是跑步?乱弹琴!"他叫起来。

"不是跑,是走。"小曼继续走,没有停。

"你、你、你下来。"奚杰指着跑步机上的停止按钮,命令她。

小曼莫名其妙看了他一眼,接着走了几步,又看看他,才不情愿地按键,然后止步。

奚杰气鼓鼓地跳上跑步器,别上安全扣,又在显示屏上点了几下,便随着跑带的转动示范开了。他边跑边瞪着小曼。小曼眯起眼睛盯着镜子。健身房四周墙上镶着顶天立地的镜子,他在四面八方同时迈动着修长而结实的双腿,真好看!可这有啥了不起?你是科班出身呀,而我们普通人,能坚持走走已不错啦。

但她还是摘下了箍住额头的绿色防汗毛巾,抱起双臂认真观摩着,目光虚虚地围着他转。他一本正经足足跑了八分钟。最后,做了个漂亮的减速动作,才算结束示范。

他抓起毛巾夸张地擦汗,油亮结实的肌肉在灯下闪着柚木般的光泽。

"你看明白了吗?"他说。

"意识到自己的问题了吗?"专业教练追问。

小曼不语。这时,她望见镜子里有个略显臃肿的半老徐娘,正朝他青春健硕的身体瞪目。

奚杰急着转身走了,那个小女人在叫他的名字。这女人最近常来,跟他挺腻乎。小曼好几次发现他俩坐在角落,头碰头,拿笔在纸上写着什么。

"看点书,对你健身有用。"他走了几步,又回头冲她补充了一句。

没过几天,奚杰竟然在健身房里播放起视频:"如何正确地健身。"他太执着了,背着小曼偷偷捣鼓了一个课件。"你对照这个,每天练习。"他要求她把里头的所有步骤看了一遍。每天四十五分钟有氧训练,接着二十分钟器械练习。在她看来,这课件做得不错,选取的素材很精到,还配有滚动字幕。跑前要热身,跑时腰板须挺直,上身保持直线,双肩放松,前后摆臂;脚后跟先落地,向前滚动脚掌等等。还附带了器械运动的要点。实践证明,奚杰是正确的,而小曼确实错了。她从没系统学习过健身知识,对运动的所有常识都来自体育课。而中小学阶段少得可怜的体育课,还常被主课老师占据。的确,她不懂如何科学健身让身材保持最佳状态,就像她不懂如何刻意经营自己的人生一样。她摸着石头过河生活了近四十年,一个人从偏远的农村老家考出来,读书、工作、恋爱、结婚、生子,再到丈夫的公司工作,看着丈夫出国,又送走儿子……一路走来,各种心酸挫折难免,但还算顺利。如此说来,她的身材跟她眼下的生活一样,有点松弛疲沓,经不起仔细推敲,可还算体面,至少经得起世俗眼光的审视。

然而此刻,这个小男人竟然全盘否定了她,说她连跑步都没学会,这过分了。他可能这么想的,如果她早点科学健身,那么她现在的模样还会更好些,自然,她的生活也会变得更精彩。他想从身体开始,潜移默化地改变她的生活吗？这个小屁孩,凭什么这么做？

　　小曼感到恼火,想冲他嚷嚷,想搬出健身房。可找不到合适的理由。他只是个幼稚的大男孩,没有城府可言。她上班时会接到他的微信:"下课我去冲了个澡,可身上还有你的味道。"每个星期天,他高兴地帮她收拾好衣物,陪她拿回家换洗。他对着她电脑里的全家福说傻话:"老公挺帅,可惜老了点。你要看紧,别被人拐跑了。"她并不知道,那次他瞟一眼她家华丽的装饰,心里不是滋味。他似乎真的见到了她老公,名贵的西装裹着不见肌肉的身体。真可笑,她老公在国外赚大钱养家,她却给他戴绿帽子。他差点脱口而出,猛地一怔,被自己的猥琐惊到了。"怎能这样想？这绿帽子还不是我给她老公戴上的。除了绿帽子,我还能给她什么呢？"他愣了会儿神,装作若无其事。以至于她一直以为,他不过是个头脑简单的健身教练,还没学会察言观色,只知道盯着她的身材,还有每个客户的身体。"四十五分钟的慢跑结束后,手持哑铃做力量训练,哑铃重量逐步增加,腿部也一样。然后是拉伸练习,否则肌肉纠结成团,难看。"她还以为他在就事论事,压根不知她关于身材和生活的联想。或许她多心了,他可能是真心喜欢她,而改造她的身材是他始终想攻克的堡垒。

　　健身现在是小曼生活中最重要的事。早餐后,她慢跑,器械训练,总共一小时,晚饭后继续重复早上的故事。那阵子,她特别想念自己的丈夫。她丈夫从不健身,还比她大八九岁,身材却像模特儿,就是没肌肉。"午餐后另加一小时,做瑜伽或体操。平时,多站少坐。出门,多走路少开车。"奚杰说。她反对:"早晚两次已经够累了!"可反对无效。他说,这叫确立日常健身意识,是必不可少的。她累,他也不轻松。她健身,他都陪练。那个视频课件被他投影在健身房的墙上,滚动播放着。看看墙上,再看看自己,随时规范每个动作。他说这是系统化训练,一个阶段后,动作自然就达标了。他还说,他是个陪练。这个她当然清楚,就像儿子小时候写作业非得要她陪着,儿子成绩的好坏取决于她是否专注与坚持。她从来不是个称职的家长,可不知怎的,在奚杰家长式的教育面前,她反倒成了本分的学生。

　　在奚杰的督促下,小曼好像渐渐喜欢上了健身,也爱读点健身理论。好的身材从健身开始。不需要他的提醒,到点她就自动跳上机器,像上了发条似的。他说过,运动会让大脑分泌大量让人亢奋的多巴胺。她承认,她迷上了多巴胺带来的飘飘然:赘肉没了,腰腹小了,臃肿的身体紧致了,皱起的皮肤平滑了,青春也跟着回来了。可一旦停下,她就从梦幻回到了现实。视频里的讲解依然喋喋不休,而奚杰正跟那个小女人说着什么。小曼站在停滞的跑带上,怔怔望向镜子里那个中年女人,她被紧身运动服勒着的腰肢,没有继续纤细下来的迹象。

"这很正常,你进入了减肥平台期——减肥到了一定阶段,效果自然会不明显。所以说,合理膳食,科学健身,只是拥有完美身材的基础。"奚杰说,"尤其对你这个年龄的女人来说。"

小曼呆望着奚杰开合的嘴唇。他又在切水果,准备榨果汁。五颜六色的黄瓜、苹果等在他刀下一一躺下。做这些的时候,他总是很小心专注。因为用力,他手臂上胀鼓鼓的肌肉动来动去,像只活跃的老鼠。她耐心等着他的下文,猜测他又想提"抽脂"的事。他已劝过她多次,让她去医院接受抽脂手术,可她从没答应下来。她当然知道手术的效果立竿见影,可副作用不小。当年她生完孩子一度暴肥,也曾动过抽脂的念头,被丈夫喝住了。对丈夫那份感动至今仍存于她内心,或许也是她坚守这段婚姻的原因之一。

奚杰没有直接拿抽脂说事儿,他只说:"比方说你的头发,每天健身就像你天天洗头一样,合理饮食相当于你使用护发素,这些常规养护你都做了。"他知道她珍爱一头好看的长发,就像知道她有一份如意的工作和一个体面的家庭,"可光做日常护理是不够的,你还得定期去美容院,是不是?该修的修,该剪的剪,还得烫啊染啊,做发膜啊。这身材也一样,仅仅靠日常健身还不行,该动刀还得动刀,专业一点叫作整形手术。"

"整形手术?"小曼听到这个词就害怕起来。

奚杰说:"抽脂也是整形手术的一种,专业的整形医院和综合性医院的整形科都可以做。整形现在是潮流,选择很多,技术也比从前成熟。"

"成熟了多少?"小曼最怕抽脂产生的副作用。

奚杰没有直接回答她,而是慢条斯理地从头来说:"脂肪就像奶油,可以用直径一毫米的抽吸管给你浅层抽吸,这样比较均匀,抽过脂的皮肤也会很平整。"

"留疤痕吗?"这是小曼特别关注的。

"不会。可以在不显眼的部位进针啊,比如肚脐凹陷处,或是腋下。创口很小,长好后基本看不出来的。"奚杰说,"靠健身难以消除的赘肉,抽脂马上就能解决。因为它的原理是吸走脂肪细胞。就像你去美发,理发师不也经常把枯黄多余的头发剪掉吗?"他又说,"在韩国,抽脂之类的整形手术非常普及,人们逛个街的工夫就把事给办了。其实,在蓁城,这也不算什么事。我有个跟你年龄相仿的女客户,进入了减肥平台期,就去抽了脂,效果蛮好。"他还说,"要是你怕抽脂后皮肤松弛,医生会一步到位帮你提拉紧致皮肤,术后穿三个月紧身衣不沾水就行。全程麻醉,没啥痛苦。当然咯,有些人不适合做抽脂手术,比如心血管疾病、糖尿病患者、血栓性静脉炎或药物过敏、凝血障碍患者,还有超过五十五岁的妇女。"他好像自己刚做过抽脂手术一样,头头是道说了老半天,喉咙里都发出了干咳声,小曼似乎才一一打消了疑虑。

其实,小曼好想拥有令人羡慕的完美身材,纤细修长又充满弹性,经得起任何角度的审视。再说,她没有心血管疾病,未曾发现药物过敏,也不是糖尿病、血栓性静脉炎或凝血障碍患者,又远离五十五周岁的年龄界限,所以,她不得不跟着奚杰尽快到那家据说全省最知名的专业整形医院。

谁知奚杰双手一摊,耸耸肩说:"宝贝,你以为抽脂像上我床那么容易啊?在网上挂个号,都得排几天队。"

"那太好了!"小曼暗自庆幸。她从小就怕疼,哪怕擦破点皮,都会哭上好半天。前阵子,要不是他软磨硬泡,她根本吃不消那些带给她疼痛的高强度运动,偶尔为之,也只不过是玩罢了。所以,除非把刀架在她脖子上,否则,她压根不会把完好的身体主动送上手术台,任由医生动刀、插管、缝合。她默默祈祷那家省里最好的专业医院生意再好点,排队挂号的美丽追逐者们再多点。这样,即便他帮她挂上号,待到要动真格的那天,她已经带着不算完美的身材飞往了大洋彼岸。

接下去的日子里,奚杰仍旧天天督促小曼健身,没再提起抽脂的话题。她猜测他也就随便说说,也可能是没有门路挂上号。

小曼的签证终于有了眉目,丈夫趁机催促她敲定了出国的日期。她清楚丈夫有意全家移民,这次团聚是让她熟悉一下新环境。她渐渐事情多了起来:处理交接工作、打点行李、同事聚餐话别,等等。整天忙得晕头转向,她就想独自待在家里。给奚杰发微信"请假",他没二话:"好啊,祝你做个好梦,我也乐得轻松。"他的宽宏使她内疚。其实,杂事再多,也可以统筹安排好,不至于连做那事的时间都没有。没错,这场风花雪月该收场了,她在酝酿一个得体的结尾,以便干净利落地抽身,回归妻子和母亲的角色。神经大条的他,慢慢也会看出来的。

这天,奚杰主动给小曼发了微信:"还在忙?"她回:"对啊。"他发了个鬼脸:"那今天又不过来了?"她犹豫了片刻,才答:"手头还有好些事。看情况吧。"

"那就算了。"奚杰打字飞快,"有个事告诉你。"

小曼的手指停了。奚杰难得这么正儿八经的,难道他已经看出来了?他会直接说:"我们分开吧"或是"你满足不了我,我有新欢了",然后拉黑她的微信?她甚至给他准备了猥琐版本的"你是否该给我点经济上的补偿"。这是有可能的。自打同居以来,他吃的穿的还有其他零碎花销都由小曼包了,还帮他还掉了债务,最近又把她心爱的车给他开。起初他拒绝,慢慢也就习惯了。拿钱买快乐,在世俗眼里,她是个不折不扣的坏女人。可她自己清楚,跟他在一起,才真正清晰地感受到活着的意义。她愿意为他付出。只是她不知道,正处于人生攀爬阶段的他,对此有多么自责与无奈。

奚杰发来一个截图:"整形医院有反馈了,安排你下周一抽脂。你记得早点到,先做个全身检查。"

"抽脂啊?"她长长吁了口气。

"是呀,我托了熟人帮你挂上了号。"他追发了一条,"你不会变卦吧?"

当然变卦了!小曼从来就没打算去。可她没有勇气对他直说,她也不知道为何直说会这么难。

"下周一还在来例假。"她找了个借口,突然想起他是熟知自己生理规律的,赶紧补了一句,"最近忙,周期乱套了。"

奚杰没再回话。她等了一会儿,他的微信头像始终没再亮起。

过了半个月,小曼和奚杰再次碰面时,他告诉她,他如期去了整形医院。

小曼随口嗯了一声。她正手忙脚乱地收拾零碎物件——在奚杰这里住了大半年,内衣、鞋袜、首饰和衣服还真不少。

奚杰在拌一盘生菜沙拉:"你就不问我去干啥?"

"去那里能做什么?你又不需要抽脂。"小曼疑惑地上下扫视他。

"挂了号,没法取消。"奚杰说,"陪一个女客人去了,你见过的。"

小曼的手僵在半空:"就是那个总缠你的小女人?"说完她就觉得失言了。

小曼记得那个小女人。她比小曼年轻多了,身材也不赖,听说还是单身。小曼也曾试探奚杰,要是合适,娶个熟客做老婆也不错。他奇怪地看了小曼一眼:"对客户热情叫作感情投资,知道吗?"小曼说:"就怕她当真了。"他哈哈大笑:"现在的人多现实,哪像你,死心眼!"她心一沉:"你跟她,上过了?"他说:"是啊,送上门的货,难不成还退了?"她用力捶了他几下,气愤地说:"怪不得你们总背着我说事儿,没良心!快说,你们啥时好上的?""你问这个有意思吗?"他当时被惹毛了,突然板起脸,一甩手走了。

"谁让你不方便呢?欠了人情,作废了多可惜。"奚杰说。他细心地将拌好的沙拉分别装在两个碟子里,把其中一份推到她面前。

"没有不方便,我就不去!"直截了当地拒绝为何这么难。因为她打算谢幕了,却不知如何跟他告别。除了默默收拾东西,她实在想不出那句告别的台词。曾经有一天,孤独的她闯进了这个健身房,现在却不晓得怎样合适地退出去。她没学过这些,也没人教过她。

奚杰倒是可以教小曼的,他多么擅长编织善意的谎言,可这次他没这么做。

面前的沙拉散发着橄榄油和蔬菜的生腥味,小曼一阵反胃。离开奚杰的这阵子,她的饮食习惯又回到了从前。

奚杰觉察到了小曼的不快,小心翼翼地说:"我不带人去,准会上医院的黑名单,下次再挂号就难了。我把她带去也算解决了个难题。"嘿,这小子,学会哄人了,进步不小。要是从前,他肯定会撇着嘴说,"你就是头发长,心眼小"。

奚杰说得有理。是自己爽约了,哪还能不容许他带人交差呢？这么想着,小曼还是把蔬菜沙拉硬生生地吞了下去。

　　出国的日期日渐逼近,奚杰还在帮小曼收拾。她留在健身房的东西真够多的,零零碎碎挤满了每个角落。其实,护肤品之类的东西可以不要了,可他不干。他细心搜罗着她散落的东西,一只运动袜、一条内裤、一块毛巾、半瓶用剩的按摩油,甚至一个掉落的扣子也不放过,收拾停当,就把它们分门别类包裹好,然后整齐地摆放在她的箱子里。后来,她回忆起,行李里不见了绿色防汗毛巾,那毛巾是她第一次健身时,他特意为她准备的。或许他疏忽了。那毛巾像个纪念品,见证了她和他大半年的同居生活。可当时,他如同小鹿,在健身房的各个角落蹦来蹦去,没有一点离愁别绪。就像她不在健身房的夜里,他的微信语音里只有孤单和欲望,没有忧伤和爱意。

　　签证的事进行得很顺利,C国大使馆来了通知,要小曼去按手印。这道程序走完,她就真要离开了。为了给签证官留个贤淑的好印象,她特意穿上了传统的中国旗袍,旗袍是以前跟奚杰一起去买的,腰身有点紧了。这阵子她总觉得饿。这不,她又想吃东西了。她的手下意识地伸进包里乱摸,翻出一块包装精致的肉脯大嚼起来。疏远奚杰的日子里,她控制不了强烈的食欲,胡吃海塞的甜食、鱼肉和烈酒,成了她腰上的赘肉。跟签证官对话时,手机在她包里响了,是微信。她没法马上看。回去路上等红灯的时候,她才掏出手机。奚杰发来一条语音信息:"我回老家结婚了,父母逼的。很抱歉,不能为你送行。"

绿灯亮了,后头的车喇叭不耐烦地催促着,可小曼没动。她把语音信息翻来覆去听了几遍,心像是被揉碎了。她脑海中预演过很多次与他告别的场景,却从没想过演这出。如此意外,如此合理,又如此决绝。她终于确信自己陷入了恋情,否则不会这么难过。同居了大半年,她一直不敢为他们的关系下定义。因为,她难以确定。

或许,奚杰这么做没有错,小曼已带着自己的东西从他那里搬走,他们无须告别了,因为这从来就是一场没有结局的即兴表演。他的提前谢幕,是件好事,至少她不用再为找那句告别的话而费心了。出国在即,她已抽空回了趟农村老家跟父母告别,可还没来得及跟蓉城的同学和好友告别。她知道如何跟他们告别。在为她践行的晚宴上,她喝了不少酒,跟他们一起流了不少眼泪。他们流泪,是为她高兴又对她不舍,而她除了不舍,还有失恋的伤感。为此,她感到隐隐的羞愧。因为奚杰,大半年来她疏离了他们。

酒后小曼没叫代驾,想一个人走走。深秋的风有点尖利,她却不感到冷。没了奚杰的督促,她又长出了赘肉,挺保暖。她突然想跑步,到他的健身房跑步。她被这股强烈的欲望控制了。走到十字路口时,红灯亮了。她停在斑马线的一头,盯着信号灯上一秒一秒递减的数字,欲念和戒律在心里纠缠。此刻奔涌在体内的不是刚才喝下的酒液,而是百味杂陈的思念。这份思念是如此具体,填充了她空空如也的留守生活,即便伴随着痛楚与伤怀,也是值得的。她伸出手,风似乎是在她指缝间缓缓流进了夜色。她感觉自己正为这场即兴表演拉上最后的大幕,而谢幕后难以言说的空虚失落何时才能淡去,却无法预估。如同绿灯终将亮起,而她只能站在夜风中的街头,等待着,闪烁的数字慢慢递减直至归零。

这是第一次,也是唯一一次,小曼一个人来到与奚杰同住了大半年的健身房。在霓虹闪烁的繁华大街上,黑灯瞎火的健身房显得如此突兀。她对着关紧的店门呆愣了一会儿,是失望还是如释重负,好难说清。令她清醒过来的是门上的一张公告,上头说本店已转让,停业装修云云。看样子,他是彻底离开了蓁城。这不可能是朝夕间的决定。他跟谁商量的?又是跟谁回老家结婚?一定是那个小女人。她真傻,怎会看不出他俩早已暗度陈仓。

小曼无力地在门口的台阶上坐下,屈起手指敲打着混沌的脑袋。她听到自己在喃喃自语:"这本来就是一场没有结局的即兴表演。"她似听到了奚杰的对白:"对客户热情叫作感情投资,知道吗?"她记得他早就说过:"现在的人多现实。谁像你,死心眼!"她看到他在镜头前秀出结实的肌肉,六块凸起的腹肌闪着傲人的光。

小曼不自觉地把手伸向自己的腹部,那里层层叠叠的赘肉让她感觉糟糕透了。

"维持完美身材的道理跟美发差不多,光靠日常健身保养不够,该动刀还得动刀。"小曼听见奚杰说。也许他说得对?她用力甩甩头,想让自己清醒一点。恋爱了大半年,他们似乎什么都没做成。没有去 KTV 喝酒唱歌,没去过太湖公园骑双人车,到新疆徒步穿越大草原更是扯淡。而奚杰的突然离去令这一切都变成了不可弥补的空想。美好的身材成了他留给她唯一的纪念,她怎能如此轻易地丢弃了呢?没错,她还是怕疼的,也没有他在身边督促着,可她终于决定要去抽脂,将那些难看又累赘的脂肪和这一场风花雪月的事一起留在蓁城,轻装上阵奔赴新的前程。

挂号、预约、体检、抽血、消毒、备皮……接着,手术台上方的无影灯亮了。

全省最好的专业整形医院不像传说中那么生意火爆,也可能初冬是手术淡季,反正小曼没费多大劲就挂上了号。挂号没几天,医院就来了预约电话。

术前的准备工作比小曼想象的烦琐,等到一双戴着橡胶手套的手在她静脉上扎针挂上了点滴,她才紧张起来。还好,神秘的抽脂仪器看起来并不比烫发机"高大上"多少,所以手术也不见得比烫个发更复杂。她努力为自己打气。

"上麻药!"小曼听到医生指示。一支氯胺酮注射入她的静脉点滴中。

几秒钟后,小曼的眼皮重了,大脑木了,身体飘了起来,一些零星的幻影和声音交织在一起,在她仅剩的意识里漂浮不定。渐渐地,腹部的疼痛感清晰起来。她感觉到腹部皮肤不断被手指捏起,抽脂管在皮下运动着。难以言说的酸痛感,就像她的初潮。当那股鲜活的生命汁液第一次破体而出,毫无准备的她感觉自己快要死了。接着,那痛楚每月都降临一回,而在等待它降临的二十多天里,她也从未停止过对即将到来的痛楚的恐惧。生孩子时,她毅然决然地选择了剖腹产。她明白,对疼痛的畏惧才是她做那选择的根本原因。而眼下,她主动选择了抽脂,算不算是一种突破和颠覆?

静脉点滴被拔掉了,有些冰冷的东西硌着了小曼,是医生帮她装上的引流管和引流袋。接着,医生一针一线地缝上刀口。逐渐清醒过来的她觉得越来越痛,可她的手被固定了,没法挣扎,只能哼了几声。

手术结束回到病房,已是深夜。倦了的小曼仰面躺着,很快睡了过去。凌晨时,麻药过劲了,她被疼醒了。恍惚中,她似乎看到奚杰站在床边。他皱着眉头,盯着接了不少血水的引流袋,无所谓的表情里终于有了不忍和难过。没准儿他根本没有回老家,没准儿结婚的事也是子虚乌有,他一直都在,在某个地方静静地等待着她。

小曼狂乱的思绪渐渐平静下来。

奚杰说得没错,确实是"逛个街的工夫就把事给办了"。手术不过四十多分钟,比逛个街烫个发的时间短得多。

护士来了,给小曼注射一支止痛针外,再加止血剂。小曼再次向床边望去,奚杰不见了。他怎么会在这里?他应该正带着那小女人在老家举办热闹的婚礼。

可小曼知道,如果奚杰真的来了,一切都会改变。她的生活,将从此逆转。然而,护士眼神闪烁着说,没人来过。

护士似乎对刚才的回答感到抱歉,下针更轻了。小曼没再感觉痛,或许是止痛针起了作用,她又有了睡意。第二天,她仍有些水肿,可比前一天好多了,便拖着引流袋四处走动着。医生说从她腰腹抽走了几百毫升的脂肪,还拉过她的手让她捏肚子,"看,多平整!"医生还说,恢复好以后,她的腰围会再缩小几厘米。哦,她是多想早日欣赏到纤细的腰肢和平坦的小腹啊。为此,她按照医嘱吃着消炎药和止痛药,不吃油腻不喝酒,早睡早起。她尽量不去想奚杰,也不去想出国后的日子,静静等待着身体的复原。

拆线出院后的第七天,小曼登上了飞往 C 国的航班。除了中途遇上一点气流,机身有点颠簸外,十几个小时的旅途还算顺利。坐在她左边的老男人一路都在喋喋不休,从夸耀留学 C 国的儿子多么优秀开始,扯到了 C 国高昂的物价,接着又开始感叹申请在 C 国长期居留的枫叶卡有多难。她始终没有接茬,腰腹还有些疼,坐久了难受,况且她不懂 C 国到底好在哪里,那么冷,能露胳膊露腿充分展现曼妙身材的日子并不多。还是蓁城好啊,温润的天气,精致可口的饮食,娇嗲甜糯的口音,知根知底的好友,还有那戛然而止的情事……她突然打了个哆嗦。老男人一惊,狐疑地看了她一眼,闭上了嘴。

航班抵达后,小曼跟着人群下了飞机。摆渡车很挤,海关检察人员很啰唆……折腾了很久,她又排了半天队才拿到行李。望着洗手间外面排队的"长龙",她打消了进去梳洗的念头。随便找个地方坐下,她掏出了手机,想对着自拍屏幕补补妆。等开机时,她顺手翻起了行李箱。室外温度是零下,正飘雪,她打算找件羽绒服换上。

奚杰的微信头像闪动起来,是条语音信息。跟着是丈夫的……小曼犹豫了一下,先点了前者。"很抱歉,你为我付出那么多,我却没能为你做多少。健身房一直亏损,那个小女人早想签接手合同。为了你,我拖着。其实我真想永远和你在一起,就算只当你的健身教练……可我知道,爱你的最好方式是放手。我没回老家,也没有新娘。再见了,宝贝。"

手机屏倏地模糊了,小曼接连发起语音通话,那头始终无人应答。

丈夫的微信头像再次闪动起来。小曼没理会,直接把手机扔进了垃圾箱。或许,这才是与奚杰诀别的最好方式。她匆匆关上行李箱,站起身,握住拉杆。迈动脚步的一刹那,她停下了。在锃亮如镜面的落地玻璃上,她看到那个熟悉又陌生的中年女人,紧身羊毛衫包裹着的是没有一丝赘肉的完美身材,轻盈如飘落在C国的雪花。在那一秒,她只想让奚杰知道,她去抽脂了,还看到了前来探视的他。

手机在垃圾箱里发出嘀嘀的鸣叫,应该是丈夫打来的电话。

小曼拉起箱子,穿过行李提取区,穿过申报物品通道,步入接机楼空旷的走道。她没有套上羽绒服。迎着针刺似的寒风,就像迎着奚杰欣喜的目光,她毫不犹豫地向丈夫和儿子走去。

私语

那些日子里,罗茜正盘算着换一种活法。

跟前夫分手后,罗茜低迷了一阵子,把自己弄得蔫蔫的。幸好有青春打底,待到来年的春天,她重新焕发了精神,脸上和眼里再次透出亮色。夏天还没到,她就相中了《蓁城日报》的一个记者,叫刘源。刘源虽是个没房没车的外地穷小子,但能说会道,又不失本分,比虚头巴脑的前夫靠谱多了。眼下,罗茜需要的就是靠谱。

然而,靠谱归靠谱,罗茜对刘源还是若即若离的。在婚姻里摔过跟头的女人,尽管外貌看不出什么,可时常会流露点迟疑的神情。刘源看出了这点,为抹掉她心头的疑虑,拉近两人的关系,他有事没事就给她发微信套近乎,还频频约她逛街吃饭。

那个周末,刘源请罗茜在外面吃晚饭。刘源叫了瓶红酒,两人一边浅浅喝着一边天南海北聊着。闲聊中,刘源不经意扯到了工作,说是报社正在搞"蓁城好人"系列报道,主编派他去找个合适的对象采访。罗茜眯起眼睛,说:"这还不简单?你时常请我吃饭,听我吐槽,真是打着灯笼也难找的好人。你干脆来个自我表扬嘛!"刘源笑着说:"别开玩笑了,快帮我出个主意。你是本地的,周围人头熟,信息来源广泛。"罗茜问:"你要啥样的好人?"刘源摇了摇头,说:"要有典型的故事,故事能感动人的大好人。"

  刘源的话让罗茜的眉头蹙起来,就像卖不动保险时那样。罗茜是一家保险公司的业务员,成天想着怎么把保单推销出去。刘源望向罗茜,小心地问:"我惹你烦了?"她摇了摇头,脸上的表情显得愈加严肃,眼神也深邃了许多,一会儿,她放下酒杯,说:"我正想着呢。"他说:"你想出名堂了吗?"罗茜轻抚了一下脸颊,让蹙起的眉头舒展开来,然后说:"我想到了一个大好人。""谁呀?"他急着问。罗茜呷了口酒,笑嘻嘻地说:"我!你不愿表扬自己,那就表扬我吧。你看,我们做保险的,还不都是在为人民服务吗?那种典型的故事嘛,一大堆!"他哭笑不得,说:"不行不行,做保险是你们的分内事,哪扯得上别的。"

  罗茜没再说什么,从盘子里夹起一块卤鸭脖放进嘴里,刚嚼了两下,脑子里突然冒出个人来。她来不及下咽,咯咯笑出了声,含混不清地说:"有了! 最理想的采访对象,就住在我家隔壁。"刘源放下筷子,问道:"什么情况? 你快说说。"罗茜嚼了几下,慢吞吞地咽下,然后说:"这人是个小寡妇,是个万里挑一的大好人!"刘源皱皱眉头:"小寡妇? 典型吗?"罗茜感慨地说:"她呀,太典型咯!"

罗茜提到的那个小寡妇,叫小惠,打小跟罗茜一起住在城乡接合部的一个大杂院里。罗茜婚后就和丈夫租住在城里,很快用卖保险赚的钱买了新房。罗茜的丈夫不是个自律的人,在新房子里待了三年,没拓展新的客户倒迷上了赌钱,待他把积蓄和新房都输光后,便成了罗茜的前夫。无奈的罗茜搬回娘家,发现有点能耐的人家都搬走了,除了几个租户,真正的老邻居就剩下小惠了。

蜗居在东边两间小平房里的小惠,不急着搬出大杂院,是不得已,也是必然。一方面丈夫离世时,丢给小惠的是耳朵近乎失聪的婆婆和未满周岁的孩子,还有二十多万债务。这债对有钱人来说微不足道,但对每年仅挣三万多且又家累重重的小惠来说,却是扛不起的数字。另一方面也是出于地理优势:大杂院不远处是个小工厂的密集地,人员流动大,在那儿做点小生意,还真是个好市口。两年前,小惠凭着一手好厨艺,在那里申请摆了个小吃摊,既不耽误白天打工,又能赚钱还债。那时她置办摆摊工具全靠手工。她把废弃的板车,重新整修,用捡来的柏油桶捣鼓了一个炉子,又用一堆空易拉罐,做了几张轻巧的圆凳子。开张那天,她把预备的满板车必需品,用带点喜气的红色塑料带子缠住后,一口气推到了那里,然后开始张罗。才准备停当,下夜班的铃声就响了,黑压压的人群朝这边渐渐走过来,她有一种高声吆喝的冲动。张了张嘴,却喊不出口,直到他们纷纷跑到了附近吆喝热闹的摊档,她才听到自己轻轻的声音:"新鲜出炉!"一阵风吹过,瞬间吞噬了这句话。她老是这样张不开口,因此菜肴色香味虽好,可就是敌不过身边挨挨挤挤的同行。

小惠本来长得丰满、嫩白,而现在两颊凹进去,眼角皱得厉害,皮肤也泛着黄气。实际上,她比罗茜小一岁,才二十七呢。她俩从小到大都在一起玩、一起念书。所以,尽管高中毕业后各忙各的,罗茜搬回来以后也很少跟她闲聊,可一旦聊起来还像从前那样直来直去。那晚回去她就悄悄跟小惠讲了采访的事,小惠却扬起粗糙的手摆个不停,说:"拜托你啦,别来添乱!"罗茜以为她害羞,赶紧说:"你别怕,把你平时做的说给记者听就行了,比方说你怎么起早贪黑干活的,怎么替夫还债的⋯⋯"她还要说下去,小惠及时用话堵住:"我可不想把自己家里的事弄到报纸上。我要脸面的。"这话罗茜理解。她只能直说:"那记者是我靠谱的男友,你得帮帮我呀。"又保证,"报道里的人名都用化名,还不登你的正面照。"好说歹说,小惠终于答应了。

那个礼拜天,路灯初上时,罗茜便陪刘源找到了小惠。露天摊档里乱哄哄的。刘源一见面就抢着为小惠搬好凳子,还掏出纸巾擦了擦,示意她坐下,接受采访。小惠却没领他的情,招呼刘源他们坐,还端来两碗凉皮放在桌上。刘源可不是来吃的,他按职业习惯,举起单反相机,把板车、铁皮炉子、凉菜、简易凳一样样收入镜头,小惠忙碌的背影当然都是主体。刘源没有食言,始终回避小惠的正面角度,比如,小惠送给驼背的老太林婶一碗排骨,那镜头很有卖点,但刘源依然选择了她的背影。过了一会儿,坐下来面对面采访时,刘源看见她的衣领里,有金光一闪。他定睛一看,黄澄澄的,像是根项链。他略一怔,凑近罗茜耳朵轻声说:"你可能搞错了,她不像你说的那么穷吧?你看她那条项链。"罗茜借着明晃晃的灯光望去,一眼就看清那是根金项链,有小手指那么粗,还配了硕大的鸡心坠子。见罗茜疑惑地盯着自己的项链,小惠有点不好意思地说:"我就这一样值钱的东西,还是老公送我的,见重要客人时,才戴出来。"罗茜对金首饰可算内行,眼略一扫,就对项链的成色有了数。或许正因了这根项链,小惠看起来特别自信,竟畅快地回答了刘源的所有提问,采访效果很好。

当天夜里,刘源请罗茜吃夜宵,在饭桌上,小惠成了两人的佐酒料。刘源问东问西,就是想知道小惠为啥有那么粗的金项链。罗茜告诉他,说那项链是金的并不准确,但她不能让小惠尴尬。不过,小惠肯定曾经有过真金的。罗茜说:"她过门时,老公送给她一条金项链,还系着个鸡心坠子。我见过,款式跟她现在的一模一样。"刘源说:"难不成她挂了假的,把真的藏了起来?这为什么?"罗茜说:"为了还债啊。她为了救活老公,问她的师傅借过钱。后来,师傅老婆瞒着丈夫逼债很凶,听说小惠到当铺把金项链当了,还清了债。而你刚才看到的,说不准是个地摊货。"刘源叹了口气,对小惠保不住定情物表示同情,随后,他话锋一转,说:"你为啥不劝她,找个好男人嫁了?起码有人帮她还债呀。"罗茜苦笑一下:"你不知道,起初我劝了,可她死活不肯,我猜想她是怕人家嫌她负担重。"刘源说:"死脑筋!守寡两年多了,就是撇下婆婆,也怨不得她。"罗茜:"不是怨不怨的问题,她是想报恩呢。"刘源举着酒杯愣住了,说:"报啥恩?每月给婆婆几文钱,问题不就解决啦!"罗茜摆摆手,说:"没那么简单,当年小惠还没过门,她父亲的医药费和丧葬费都是她婆家出的。"刘源不由得感慨:"知恩图报,固然值得称道,可也不能害了自己。"他放下酒杯,皱着眉说,"咋不求助社会,为她献爱心呢？你们这些朋友对她有点无情啊!"罗茜说:"是她不愿意这么做,我们可没对她无情,无情的是她的命。她妈早已病死,她爸靠做乡村厨师养育她,还教会她一手好厨艺,可惜得了那个可怕的病,折腾好几年也走了。幸好小惠嫁给了青梅竹马的老公,虽然公公很快去世,可婆婆对她好,小日子过得还算不错。哪知婚后刚满两年,婆婆因吃错药,耳朵差点失聪,不久老公又被车撞,肇事司机逃跑了,于是,她到处借钱救人。可她老公挺了个把月,还是撒手去了。这些年过来,小惠的日子不好过,生活里似乎只有赚钱还债和养老带小。"

刘源举起酒杯,一口气喝完,总结似的说:"我现在有点明白小惠为啥要挂那根项链了。"

第二天下班回家,罗茜遇上了小惠,见四下无人,就站住脚说:"昨晚聊得挺好啊。"小惠笑着点头说:"好啊好啊。"罗茜说:"你那金项链是有意露出来的吧？"小惠愣了愣,说:"你怎么这样说？"罗茜说:"你那点小心思我还看不出？"小惠低下头,嗫嚅着说:"我就想让记者看到,看到我虽然穷,但还有那个……这不算虚荣吧?"罗茜拍拍她手臂说:"不算虚荣。被记者看到了你的体面,挺好的。"小惠的脸上飞过一片红云,罗茜嘿嘿笑着就想走,却被小惠喊住了。小惠有些巴结地说:"你那男朋友,挺会说的。"罗茜想说,记者嘛,就靠嘴皮子吃饭,可她没吭声。小惠忧戚地说:"他不光能说,对你也好。"罗茜忽然感觉到了什么,说:"怎么,想起你老公那会儿的事啦?"小惠点点头,说:"时间过得真快,他走了两年多了。你搬回来后,咱姐俩也没有好好唠唠嗑,你看,星期六晚上我请你吃个饭,好吗?"罗茜想了想,说:"好吧,就在你小摊上,我们边吃边聊聊。"小惠眼睛一亮,说:"敲定啦?"罗茜嘴里嗯嗯应着,转身走了。

　　小惠要和罗茜吃饭闲聊,这算不上要紧的事,罗茜压根没放在心上。礼拜六晚上,罗茜和刘源饭后看完电影已很晚了,回家从包里取出手机打开时,才发现小惠的电话和微信已满了屏。不知怎的,手机静音了,罗茜哎呀一声,一溜烟跑过去,见那里的露天摊档都已收摊,只有小惠默默地站在小吃摊的孤灯下——她把大灯关了,留了盏小灯,单薄的身躯,在昏黄的灯晕里像个皮影。走过去看,桌上摆着凉拌毛豆、皮蛋豆腐、卤鸡翅膀等好些菜,还放着两副碗筷和几瓶啤酒。罗茜心里咯噔一下。她抓起啤酒瓶,咬开盖子,说:"我错了,干了这瓶向你赔罪。"小惠走过来靠近罗茜,看得出来,她已喝过几杯啤酒,眼神里满是忧伤。

罗茜咕咚咕咚一饮而尽,觉得没尽兴,又咬开了一瓶,一口气干掉了。罗茜说:"酒喝了,现在我们就聊聊吧。"小惠不出声。罗茜瞥了她一眼,说:"咦?你不是有事要跟我聊吗?"小惠依然不出声。罗茜说:"我都自罚两瓶了,你还不饶我?"小惠的眉毛抖了抖,说:"不是不是,我只是不知怎么开口。"罗茜说:"你跟我还卖关子?"小惠深吸了口气,说:"近几天,我硬闭上眼睛也睡不好,似睡非睡,半夜还时常惊醒,那种感觉特别难受。"罗茜愣了愣,问:"难受啥?"小惠说:"浑身热,胸口像烧着盆炭火,快要炸了。"罗茜傻了几秒,说:"怎么会呢?"小惠压低声音说:"梦到我老公了。"罗茜说:"梦到老公怎么啦?"小惠忽然抬起头,眼里的水光猛地闪了几下,似乎快要汇聚成溪流滑下脸来。罗茜一怔,有点明白了。小惠目光闪烁:"以前我的梦里,他都站在床边,微笑着问这问那;而近来常梦到他压在我身上,压得我气都喘不过来……两年多了,我几乎忘了男人是啥味道了。"小惠泪流满面,又说,"那天,听到你男朋友好听的声音,又见他对你问寒问暖,我心里像突然长了草,乱糟糟的,夜里就开始乱梦颠倒,东想西想了。你看,我没管好自己的梦,对不住老公呀。"罗茜没有安慰她,也没再说话,帮小惠收好摊子,两人推着板车回家。

罗茜想帮小惠找个男朋友,小惠的心里话,让她不能不出手相助。"两年多了,我几乎忘了男人是啥味道了",小惠累,其实心里更苦。

罗茜发微信给小惠,告诉她自己的打算。小惠回了个表情,"谢谢"。她应该是乐意的。

一个雨夜,小惠出不了摊,罗茜等她安置好一老一小,就带她去赴约。临走时,小惠换了件像样点的衣服,脖子上挂了那根"金项链",神色有点紧张。罗茜示意她放松点,一路上还千叮咛万嘱咐:"人家要是问起家境,你可千万不能乱说。一切看我的。"

罗茜带小惠走进一家有点特色的饭店,她跟刘源去过好几次,算是熟门熟路。罗茜挑了个靠窗的雅座,跟小惠肩并肩坐下。这时一个穿西装的中年男人匆匆走进来,一边和罗茜打招呼,一边在她俩对面落座。他是罗茜的客户,是个小公司的会计,刚料理完老婆的丧事就来相亲了。会计的目光扫向小惠时,她的表情有点紧张,目光呆滞。会计嗓门很大,寒暄也像吵架一样,他端着茶杯,扯了不少话题,不用小惠多费口舌,罗茜都替她回答得妥妥的。聊了十来分钟,小惠表情才渐渐放松。罗茜摁了摁铃,喊来服务员,点了一份小惠爱嗑的香瓜子。服务员普通话不标准,听她总把"吃"说成"呲"时,罗茜憋不住笑了,坐在对面的会计也哈哈笑了。小惠这才露了点笑容。

片刻后,会计让罗茜点了几个特色菜和点心,然后,和她们边吃边侃养生经。小惠淡着脸,不讲话,只顾吧唧吧唧咀嚼饭菜。罗茜想留个空间给他俩说说话,借口接电话,走到收银台边的沙发上坐下。跟刘源聊了会儿微信,后来又玩起了《王者荣耀》,一场厮杀还没见分晓,就听到那个会计在唤她的名字。罗茜循声抬头一看,会计正站在她身旁,一边掏钱买单,一边说:"背的债不少呢,还有老人和孩子,我吃不消。"罗茜感到意外,转脸去看小惠。小惠依然坐着,剔着牙。虽说隔了好几张桌子,但因为会计的嗓门大,这时里面又安静,此话一定飘进了小惠耳朵里。罗茜不知道她心里是啥滋味。

出了饭店,她俩一前一后慢慢往家走。小惠像是在品味那个会计暗地里跟罗茜说的话,板着脸,不出声。月影飘移,小惠的脸一会儿亮一会儿暗。走到桥堍,一个小坑让小惠崴了脚,还好,不太严重。罗茜回头问:"扭伤了吗?""没事。"小惠说着一拐一拐地跟着罗茜朝桥上走,罗茜见她泪汪汪的,说:"哭什么?全怪你,不听我的,都说了,完蛋!"小惠:"瞒不住的。"罗茜说:"你傻呀,等他上了钩,就好办啦。"小惠收住眼泪,说:"本来也没想这样,可你离开后,那个会计没一句好话,更没半点表示,只是一味问我家庭情况,我就忍不住说了。反正,他远比不上你男朋友。"罗茜扑哧一笑说:"你别灰心,两条腿的蛤蟆难找,两条腿的男人好找。"

又一个雨夜,罗茜带小惠去了一家茶馆,要了个包间。包间里灯光暗淡,狭长的桌子两边,摆着夸张的大沙发。罗茜示意小惠坐下,叮嘱道:"你的情况,我都说了,人家不介意。你也得热情点。"小惠有点慌,瞅了瞅暗暗的吸顶灯,挪了挪屁股之后,站起来拉开门往外看看。见对方还没到,她又紧张地从包里掏出小圆镜,补了点唇膏,还梳了几下头。她今晚按照罗茜的要求,特意打扮了一下。罗茜瞟了她一眼,露出了满意的笑容。

走廊里的脚步声近了,罗茜赶紧走出去招呼那人。他也是罗茜的老客户,一个四十多岁的胖老板,三角眼,剃了个平头,左手中指上戴个大方头金戒指,胳膊下夹着个鼓囊囊的皮包。他伸头瞥一眼小惠又转向罗茜,说:"你俩一起啊?"罗茜踢了他一脚,轻声说:"想得美!我在这里看着,个把小时后进来。"她转过身,又扭头补充说,"你可别亏待了她。"他嬉笑着拍拍皮包,说:"你把心放回肚里吧。"

罗茜没走远,倚着墙角玩起了手机。在这之前,她在心里为小惠挑选过那些不显眼的小旅馆或是桑拿的包间,最终还是安排在了这家有点感觉的小茶馆。柔和的暖光下,只要把包间里的小桌一翻,两张大沙发就能连在一起。离婚之后刘源之前的空窗期里,罗茜在孤枕难眠时走了这条路子。她将这类风花雪月看成自己婚姻的试金石,就像她买衣服之前要试穿一样。上次约会,小惠埋怨那会计"没半点表示",所以这次,罗茜打算给她来点实际的。

第二局《王者荣耀》刚开始,罗茜就听到里头咣当一声,像是桌子倒地的声音。她放下手机往回走,正犹豫着是否敲门,见小惠披散着头发夺门而出。罗茜吃惊地问:"出什么事啦?"小惠恨恨地说:"问你啊!那是个什么人?臭流氓!"

"谁是流氓?"小老板一手捂着被小惠抓破的脸,一手扬了扬鼓鼓的皮包,气哼哼地说,"不是讲好的?跟了我,你的债,我包了。干吗打我?泼妇!"

小惠涨红脸又想冲过去跟他评理,罗茜急忙挡在两人中间,使劲推开小惠。小惠对罗茜冷冷地说:"原来你们早就串通好了!"罗茜用眼瞪住她说:"待会儿再说!"

罗茜把小老板推回包间,关上门,拉开窗帘,在突然亮起来的怪异氛围里,他惨白的脸上能看到几道深浅不一的血痕。他委屈地喊起来:"我好话说了一堆,看她蛮开心,以为可以那个了,没想到她居然推倒桌子撞我,还抓我……原来你没跟她说好啊?"罗茜连连道歉,故意骂了小惠几句,又好言好语一番才把他哄走。他走后,罗茜找到了蹲在墙角的小惠,小声质问道:"他这不是按你的意思'表示'了吗?有了那事,你的债就不用愁了,如果谈不拢,也能帮你灭灭火呀!"小惠的脸气得像扭曲的黄瓜:"你想歪了!我是那种人吗?"罗茜轻叹了一声说:"怪你命苦啊!"

"我就不信这个邪。"小惠丢下这句话,头也不回地走了。

小惠的茶馆事件像是风平浪静的海面上突然跃起的一朵浪花,浪花过后,海面又归于平静。

之后一阵子,罗茜几乎没有与小惠碰头。罗茜把所有的时间都分给了一张张保单和刘源,差不多不着家了。而小惠像是需要时间消化,好把自己调整到寻常状态。小惠从不提及那天茶馆的事。罗茜曾小心地提过一回,小惠的脸绷得像个鼓。罗茜意识到一时半会儿也改变不了她,只能从长计议了。

月底正是拼保险业绩的时候,罗茜差不多每天泡在饭局里,跟小惠一样,成了夜归人。那天罗茜跑了几个场子,喝了不少红酒,末了,又跟个海鲜老板签了张保单,回去已经很晚了。刚进院门,她就听见院落里嚓嚓作响,还伴有零星几下闷响。她不知哪家弄出的动静,没有理会。可进了家门,那声音越发大了,好像变成了咕嘟咕嘟的搅拌声。她暗吃一惊,跨出门槛细看,发现淡淡的月光下,小惠家门口的墙角有人在用棒子捣鼓着什么。她好奇地走过去,居然是小惠。小惠头顶的屋檐下,伸出一个简陋的凉棚,脚下有一堆拌好的水泥砂浆,她正放下棒子,拿起泥刀撩起砂浆往垒砌好的砖上抹。罗茜惊叫一声:"你在干啥?"小惠吓了一跳,定了定神,说:"我在垒土灶呢。"罗茜问:"半夜三更了,垒什么灶?"小惠说:"这会儿我才闲下来。"罗茜这才看清楚小惠身后乱乱地放着几口小锅,还有一个框架成形的土灶。罗茜说:"怎么弄这个?煤气灶多省事儿。"小惠说:"土灶上可放几个小锅子,能同时烧几样菜,柴火可以捡,不要煤气费……我能多赚点钱。"罗茜说:"赚钱的路子多了,为啥偏偏选这个?"小惠说:"我就信这个。"罗茜望着她越发瘦弱的身子特别是干瘪的手臂,晕乎乎的脑子顿时清醒了。小惠越发强烈的赚钱念头肯定与茶馆事件有关。罗茜沉吟一会儿,见小惠这么执拗,只好说:"垒个土灶是好的,可每天这么熬夜,身体会累垮呀。"小惠说:"我一想到土灶能一下子弄出好几锅菜,就像看到了好几沓百元大钞,有了它就能多还债,哪还会感觉累呢?"这几年小惠拼死拼活赚的钱,刨去一家老小的生活开支,才还了两三万元的债。罗茜听了,不得不佩服小惠的倔劲,但又不认同她的做法,正想返身回家,小惠放下手里的泥刀,说:"等等,我有事想求你。"说着,她站起来,双手在衣襟上抹着,说,"你是知道的,多卖东西要靠吆喝,你能不能帮我吆喝几句?我录个音。"罗茜说:"何必录音呢?你现场吆喝不更好吗?"小惠腼腆地说:"我见人就喊不出来。"罗茜说:"那你自己录一个呗。"小惠说:"我的土音重,那里多半是外地人,听不懂。"罗茜自知普通话比小惠好,但还是不同意,她的吆喝声在夜市里被机械地反复播放,这是个什么感觉?小惠眨眨眼睛说:"不录音也行,可你得来一趟,现场教教我。"见罗茜有点迟疑,小惠又说:"你脸皮厚,还能说会道的,是我现成的好老师哦。"罗茜乐了。

过了几天,罗茜晚饭后去了小惠的小吃摊。此时正好有不少工人陆续走过来,这倒适合罗茜教小惠吆喝。罗茜扯开嗓门热情地喊起来:"卤菜,卤菜,新鲜的卤菜,走过路过不要错过——"她哪里知道小惠已经摁下手机上的录音键了。罗茜吆喝了十几遍已让她的声音有点嘶哑。她背靠着桌子,听小惠带着浓重的乡音学着她在吆喝,声音小得连她也听不太清,差点笑出声来。这时,罗茜料定,小惠是吆喝不起来的。

过了几天,罗茜晚上回家,路过大杂院附近的一片小树林,突然听到里头传来熟悉的声音里,夹带着自己的喊声。罗茜好奇地走近细看,隐约望见树林里晃动着一个模糊的身影,像是小惠。罗茜吓得大叫:"小惠,是你吗?干吗呢?"小惠收声,笑着说:"是我,跟着你的录音,练吆喝呢。"罗茜惊奇地说:"你……在这儿练?"小惠说:"怕吵醒大家。"罗茜心疼地催促说:"不早了,回家吧。"小惠不肯走,说还要练会儿。罗茜摇摇头,走了。

　　差不多过了个把月,罗茜夜归时,小树林里的声音没了。第二天早上,罗茜上班时,特意走近土灶,问小惠:"你学会吆喝啦?"小惠举着铲刀,挺了挺胸说:"那几句吆喝,我练好了。眼下,我得练胆量。"见罗茜一脸茫然,小惠马上解释说,"我一见人就吆喝不出来,所以,师傅让我跟他的朋友学做商场促销活动的托儿。"节假日,各个商场搞主题促销,主持人总会在现场找几个托儿互动,托儿只需要答几句背熟的台词。不时在那种热闹场合里说几句,正好让小惠练练胆量。罗茜望着小惠发亮的眼睛,不由得暗自惊叹。

　　这种惊叹不经意潜入了罗茜的梦里,那晚她梦到了小惠的小吃摊:小惠把土灶上新鲜出炉的各色小菜,一样一样铺陈开来,铁皮炉上的大锅里,正冒出诱人的香气。小惠嗅着香气,放开嗓门吆喝起来,那一阵又一阵走心的吆喝声,引来了源源不断的客人,也带来了一张张花花绿绿的钱币。小惠把笑意浅浅地挂在脸上,过去几年里,她也曾想笑过,一想到沉重的债务和家累,怎么也笑不出来,现在终于笑出来了。小惠捧起一堆钞票惊喜地喊:"罗茜你快来看,我赚钱啦,赚钱啦!可以还债了,可以挺直腰板去找像刘源那样的好男人了……"激动的罗茜一把抱住了小惠,两人开怀大笑,笑声穿透黑夜,飘进了城里城外的千家万户。

罗茜万万没想到,小惠会出意外。

那阵子罗茜跟着刘源回了趟老家,拜访了亲朋好友,算是把婚事敲定了。那天回到大杂院已是凌晨,罗茜告别刘源,背着包进了院门。微亮的晨光中,她习惯性地把目光投向小惠家的方向,不由得停住了匆忙的脚步。凉棚下的土灶冷冷清清,丢在一旁的板车断了腿脚,也不见了小惠。在罗茜印象里,这段日子,小惠在土灶前忙乎的身影像是院里一道风景,每天都会在那里出现。罗茜的心猛地抽搐了一下。

来不及放下背包,罗茜三步并作两步去小惠家敲门。敲了好久,一个老太才颤巍巍地来开门。罗茜一眼认出她是林婶,只是后背更驼了。林婶引罗茜进去后,就在床头的地铺上躺下了。虽说灯光暗淡,罗茜还是看清了小惠直挺挺地躺在床上,两条绑着石膏的手臂搁在被子外头,惨白的脸上,白色的纱布绕了额头几圈。小惠见罗茜来,两眼透过蓬乱的头发露出哀怨的幽光。罗茜吓坏了,连忙追问发生了啥事。

小惠让罗茜坐下,低声说,有了土灶,菜的花样多了,加上她卖力吆喝,生意就越来越好,每晚都供不应求。前天,她备了双份的菜装上了板车。哪知板车吃不消那重量,拐弯时将要侧翻,她急忙丢下车把,去托稳车身,不想车没稳住,倒把人压伤了。罗茜想象着小惠被超重的板车压住、挣扎以及惨叫的样子,不禁淌下了心酸的眼泪。罗茜缓了口气,才说:"这些日子你怎么过来的?"小惠看了看林婶,说:"幸亏有她。"林婶照顾小惠是出于私交,小惠习惯送些卤菜给特别困难的孤寡老人,住在小吃摊附近的林婶是受惠最多的,因此格外领情。每次拿到小惠免费的卤菜,林婶总不忘向小惠表达感激之情:有事尽管找我,你的事就是我的事。这次,林婶听说小惠出事,马上赶来了,帮着一家老小叫个外卖,给小惠端个茶饭。小惠欠了下身子,又说:"还好,老天没要我的命,只是手臂骨折和一点皮外伤。就是我好长时间都不能赚钱了,还要连累林婶一阵子。"罗茜四下看看,里外果然很乱,好些白色的空餐盒堆在桌边,铜勺、铲刀、锅盖、碗、盆横七竖八躺在墙角,几只绿头苍蝇围着嗡嗡嘤嘤。

第二天晚上跟刘源见面时,罗茜讲了小惠的事。刘源疑惑地问:"她怎么连命也不要了?"罗茜自然不会说出茶馆事件,但罗茜清楚,小惠这么拼命是想对亡夫有个交代;更想没了债务,能在男友面前有脸面。

刘源见罗茜不吱声,说了几句同情的话,大意是小惠的手臂断了,婆婆耳朵不灵,孩子还小,林婶年老体衰,这日子可怎么过呀。罗茜提示他:"小惠家这么个情况,你可不可以再做一回报道?这次用上她的真名,让好心人帮她一把。"刘源摇摇头:"再做报道算了吧,我们自己帮她。"他解释说,"上回我已经看出来了,小惠不想把自己的不幸让别人知道,我们就别让她尴尬了。"罗茜戏谑地说:"那你上回有没有感觉?她对你特别感兴趣,比如你的口才你的体贴。"刘源笑了:"怎么扯到我了?"停了停又说,"我记得她那根不常戴的项链,她在乎的只是体面吧?"罗茜说:"恐怕不仅如此,还有爱吧,是那种体面的爱。"

还没满一个月,小惠的土灶又开伙了,几口小锅和铁皮炉子也各就各位,凉棚里升起热腾腾的雾气。紧靠着土灶的一把藤椅上,坐着纤弱的小惠,打着石膏的双臂垂着,她用头部动作和口型,指点婆婆翻炒各色菜肴,昨天,她已让林婶带了点钱回家。天冷起来,小惠改做微信团膳了,是她师傅指的路。师傅得知她摔伤后,三天两头来看她。他像刘源一样,能说会道又善解人意,一向对她关爱有加,每次来都提着水果和营养品,还捋起袖子做这做那。后来小惠得知,师傅已跟蛮横的老婆离婚了,这引起了她的警觉,她很快证实了自己的感觉。有一次,师傅告诉她,他喜欢她,还取出被小惠当掉的金项链,为她戴上。见她吃惊的样子,师傅说:"我了解你,暂时不谈这个,先把生意做好。"于是就给她指了这条生意门道,还不断为她介绍客户。熟客来取货,会自己动手打包运走,用微信转账支付,她只要欠欠身子,赔着笑脸,打个招呼,生意就做成了。

那天早上,罗茜又一次带了补品去找小惠,恰好小惠在里屋择菜。罗茜关切说:"你又不要命啦,还绑着石膏呢。"小惠笑笑说:"还有一大半债没还呢。"罗茜说:"人家又没逼债,等你伤好了,再还也不迟。"小惠说:"等不了,一天不把债还清,一天心里不好过。"罗茜嬉笑着说:"你肯放下身段,就有男人替你还清债,日子不要太好过哦。"小惠咬着牙,一字一顿地说:"不行! 在茶馆,那人对我的侮辱……"又恨恨地说,"他那丑陋的嘴脸,我死也忘不了!"罗茜脑海中马上锁定了那个胖乎乎的小老板,大方头金戒指、鼓囊囊的皮包,可她没再说什么,心里似乎默认了小惠的活法。她从包里掏出装着两罐蛋白粉的礼品袋,放在小惠脚边:"这是刘源给你的。"

小惠低头看看,笑着道了谢,将视线移到土灶上,用目光抚摸一个一个嘟嘟沸腾的小锅子:"现在生意不错,厂里又为我调了岗位,加了薪。我估摸着,再过一两年,债就还清了。到那时,我也可以有个好男人,像你的刘源一样。"

小惠想起了师傅,一缕神秘而甜腻的亮光在她眼里闪过。

变色镜

郑稔安忘不了那天下午,他看到前妻家的楼道口,心里就难受,但又不得不从电瓶车上跳下来。烤化的柏油路散发出的那种怪味,过了那么久还能闻得到,甚至还能看到自己扛着铺盖在这里徘徊的尻样。树木稀疏的老小区在正午时分越发炎热,熟悉的二楼窗户里隐约传来前妻的凄叫声。他看了看周围,确认没有看热闹的人,这才推了推变色眼镜,沿着积满污垢的台阶转了上去。

只在接待重要客户时才套上的进口皮鞋噔噔噔击破了楼道里的宁静,另外他还穿着笔挺的阿玛尼衬衫,风格独特的褶皱包住宽肩,意大利风格的衣领护住颈部,淡淡的灰色泛着考究尊贵的光泽。把前妻逼到墙角的胖女人被镇住了,张大嘴巴斜眼瞪着他,哆嗦着的前妻也睁大泪眼呆望,局促的客厅里瞬间暗了一些,他高大的身躯几乎撑满了整个门框,好像把日光挡在了门外。

嵇安随手关上了门,说一接到电话就赶回来了。那个胖女人走过来,奇怪地看着他,他肯定电话里那个尖厉的杂音,就来自这个长着三角眼的胖女人,因为屋里没有第三者。胖女人随手拉开窗帘,推开窗户,阴阳怪气地说:"你是谁呀?"

在这忽然亮开的怪异氛围里,他平静地说:"我是她老公。"说着,他从口袋里掏出名片递给她。

胖女人伸手接过来,看了看,狐疑地说:"你真是她老公?"

"当然咯。"他点头说。

还没等嵇安发问,胖女人已面露懊悔的神情,整个客厅像是因为一桩不该发生的事而缄默了,他甚至在沉寂中听到了轻微的自责声。刚才前妻在电话里哭着叫喊:"糟老头的老婆来了,糟老头吓跑了。那疯婆子砸了东西,又来打我,救命啊!"电话里还传来另一个女人尖厉的谩骂和器皿的破碎声。

嵇安真的赶来了,来搭救他曾发誓永不理睬的前妻。

胖女人盯着他说:"你是她老公?那我老公怎么也住这儿?"她的脸部刻意绷持着凶狠,语气却柔和了许多,"还有,要是我老公跟她没那事,他看到我跑什么?"

嵇安让嘴角微微翘起来,他知道这副笑容对女人很管用。可为了留有分寸,他的微笑一瞬即逝,吐出的字句跟刻意板起的脸一样冰冷:"我劝过老婆,别把房子租给不知根底的人,可她就是不听。至于你老公为啥跑,你该去问他。"他抿上双唇,视线溜过满地的器皿碎片和缩在墙角抹眼泪的前妻,表现出恰到好处的不满。

  胖女人转动着眼珠想着心事,可眼神无意间触到他衣服上的阿玛尼商标时,又火烫似的回缩,低下头拨弄着手中的名片。看起来她在为自己找台阶下了,所以郑嵇安压低了嗓门说:"既然是误会,那就算了。以后要想投资赚钱,来找我。"

  听到投资赚钱,胖女人来劲了,她抬起头,指着手中的名片,说:"对了,你是投资经理,跟我炒股有关系吗?"

  "当然有啦,我的拿手好戏就是帮客户炒股赚大钱啊。"

  其实,他炒股一点也不拿手。他虽热衷于做股票,但压根不懂股市走势,只是随大流,碰运气,偶尔倒也碰了几次运道,发达了起来,以致昏了头,瞒着老婆,将全部家当押了进去。记得那天上午,他挤在交易所疯狂的人群里,不眨眼地盯着大屏幕。可不是吗?上面绿色"洪水"慢慢退潮,就是他淌不尽的眼泪,不到一个小时,股市便卷走了他的新别墅、奔驰车还有美满的小家庭。前妻在他炒股赚翻时嫁给了他,两个人过着郎情妾意的好日子,等到他的股票成了一堆废纸,好日子就烟消云散了,老婆也自然成了前妻,这使他产生了爱情只在钱多的人身上发生,而在钱少的人身上消亡的错觉。当天晚上,绝望的他跳了河,幸亏被路人救活了。

胖女人终于露出了笑容。嵇安陪她聊了一会儿股票,就礼貌地送走了她。

前妻从墙角走过来,捋捋乱发,盯着嵇安说话:"你听我说,没有人看到我和糟老头做那事,无凭无据的,只不过是那个疯婆子瞎折腾罢了!"她瘦削的身子依然颤抖着,脸上挂满泪痕,鼻梁上留着一小块青斑,两条细细的鼻血粘在鼻孔下,"只要我一口咬定他是房客,她就拿我没办法。"

他没回话,只是茫然地向窗外张望。突然,手机铃声响了,他好像想起了什么,嘀咕了声"我该走了",便朝门外走去。

"你去证券交易所?"她急忙跑过去,挡住了他匆忙的脚步,"别走,我有话跟你说——

"你在那里弄来弄去,苦头还没吃够吗?

"你鬼迷心窍啦,老郑。"

"你懂个屁!"他没好气地回堵。

哼!证券交易所?还轮不到他这倒霉蛋呢。他名片的头衔是投资经理,其实只是帮散客赚点闲钱,组织客户见面会和投资讲座什么的。在活动现场,他直起腰板坐在围着易拉宝广告的签到桌边,给参与者派发宣传册和保温杯、指甲刀之类的小礼品。几百个位子,座无虚席。人人都揣着一夜暴富的梦,半张着嘴、直着眼,紧盯授课老师上下翕动的嘴,似乎里头能吐出黄金。偶尔,公司要他开车接送老师。这些老师是投资界的所谓"大咖",满嘴玄而又玄的经济数据、世界形势,仿佛刚与各国财长共进晚餐,末了他们会把同情又轻蔑的目光投向他的后脑勺:"你老大不小了吧,还干这个?要早遇到我,你就发了。"汽车后视镜映出嵇安俊朗的脸,他的笑容还那么随和,不见一丝尴尬。

"老大不小了吧,还干这个?"这调侃让嵇安晚上睡不着觉。半夜三更他想起了自己跳过的那条冰冷的河,走投无路时扛着铺盖在前妻楼道口徘徊的怪模样……他没到四十呢,就这么过下去吗?那句酸溜溜的话让他突然醒悟了,他不愿永远守着这破碎的婚姻,尤其是面对这套尴尬的老房。可以为人生搞个规划吗?长期,中期,短期,都行!他这么想着,并且开始试着在脑海里勾勒愿景和详细的目标,打算正儿八经把它们写进手机记事栏,然后时不时检查实施进度。但愿有那么一天,他再也不用对着规划看,一切都变成了美好的现实,并且还有诱人的未来。

现在,挡在他眼前的前妻,除了不断阻拦他炒股,还懂什么?她到底明白多少?他刚才凭着什么轻易吓退了闹事的胖女人?破产后,他又为什么拼了血本也要购买名牌服饰?为什么已经到了酷暑并在明明不开空调的场合,也要咬紧牙关穿着那件厚实的灰色长袖衬衫,搭配一双没有透气孔的棕色皮鞋和变色镜?那难熬的高温日子里,难道他一点都不怕热吗?是的,他不怕,因为虚荣心支撑着他。这样一个衣冠楚楚的男人不可能要靠做小三的前妻过日子吧?这就对上榫了。前妻那点破事,是老小区里人们茶余饭后的热门话题,而嵇安的存在,自然使那个话题变成了捕风捉影。

可嵇安清楚,前妻不走正路,已经好多年了。记得搬回来后,最让他疑惑的是,没工作的前妻居然能让早餐每天翻花样,沙发上还时常堆放着女儿喜欢的衣服、玩具和其他高档的礼品盒。

有一天早晨,他憋不住问了:"你哪来钱买这些?"

前妻好像没听见他的疑问,哼着小调,闪进卫生间梳妆打扮起来。

这时,天空突然变了脸,风起时,鹅毛般的雪花飘落。雨雪雷电都阻挡不住前妻去赴约。那几年里,几乎每天都有人争先恐后地跟她约会。

待她打扮停当,他又叮嘱道:"你安分守己,好好做人要紧哦。"

"你管得着吗?"她恨恨地说着,拉起女儿的小手,头也不回地走了。出门时,按月拿她钱的对门阿姨总会默契地开条小缝,不声不响将女儿收下。她从来不放心让他带女儿。那天,他走到窗边偷望,但见妖娆的前妻一步三扭的背影,在积雪反射的白光里慢慢飘远,飘远!他不由得颓唐地蹲下来。

前妻就这样不明不白地混日子,不知什么时候,她得了一种说不出口的怪病,渐渐就没人约她了,除了他的一点房租外,她几乎没有了其他生活来源。但前妻依然把他的话当成耳边风,不愿找个正当的事做,而把那个糟老头带回家睡觉,以换取一点生活费。她对糟老头说,嵇安只是房客。起初,嵇安还忍不住说上几句,后来也只能睁只眼闭只眼了,但他暗暗发誓,再也不理睬她的事,直到那个胖女人打上门来,事情又发生了变化。

现在,前妻死皮赖脸地挡在嵇安跟前,叨叨着:"股票炒不得呀,我对你磕头啦——"她苦苦哀求着,身子突然萎缩得像个早衰的老太婆站在那里,双手捂着脸孔抖抖地抽泣着。

"我要去见客户!"他甩下此话,绕过她,快步出门。她闻声从哭泣中仰起脸,朝他叫着:"不要去!"但那急切的呼喊,随着远去的皮鞋声,迅速在楼道里碎开了。

客户?嵇安哪有客户?至少眼下一个也没有了。

今天,他要去找一个人,一个能帮他东山再起的女人。她叫蔡仪敏,听说快五十岁了,是一家民营银行的理财经理。要不是前妻突然求救,现在他应该在她那儿了。他等机会接近她好久了,但上个礼拜三才和她有了接触。

上个礼拜三,蔡仪敏那家民营银行办了客户见面会,嵇安是组织者。气氛很热烈,观众纷纷向轮流上讲台的理财经理们提问,可当唯一的女经理蔡仪敏走上讲台时,顿时鸦雀无声。他打听过,蔡仪敏推荐的股票、基金和保险,不但赚不到钱,甚至还会亏损。这么糟的女经理,客户给冷脸也属正常。而她当然不好过,她正需要像他这样人高马大的男人,用宽厚温暖的胸膛来抚慰。他猜测。

台下上百张脸上大多挂着霜。嵇安四处看看,就开始了等待。蔡仪敏孤零零站在讲台后面,台下冷极了,一只手都没举起。她的黑色西式套装和盘得纹丝不乱的发髻,配上惨白的面孔,看上去像是刚死了老伴的寡妇。现场也像正办着白事,沉重得令人喘不过气。她只好干咳几下,开始介绍沮丧的业绩。

嵇安从来没有买过她推荐的理财产品,他只在这银行做了笔额度最小的保本理财,可这足够了。除了活动组织者身份,他又多了个接近她的理由。但没人知道他为什么想接近她。他坐在前排,正对讲台。因为讲台上方斜斜打照过来的几束雪亮的追光,足够照亮他的微笑和阿玛尼衬衫包裹下富有男人味的身躯。这让股海里几经沉溺的他看起来像个圆融睿智的成功男人。

蔡仪敏还没说完,声讨突然开始了。不时有人跳出来打断她:"你推荐的股票,统统是烂股票。""哼!我都赔光啦。"有位阿姨拍着大腿,痛哭流涕:"按你说的买了股票,结果股价猛跌,把我老公也吓跑了。"嵇安耐心听着,猛烈的攻击像一支支乱箭无休止地向蔡仪敏射去,这冗长的等待让他可以细细盘点自己多年来损失了多少,而这损失该怎么弥补。平日里容他反思的时间并不多。可今天他不是来伤怀的,也不是来声讨的,他曾详细摸过蔡仪敏的底细,她有足够的资本吃掉这家银行,因为她父亲是这家银行所属集团的董事长。可真正促使嵇安现身这里的,是她离婚多年,至今还是独身,而且没有孩子。

"乱箭"终于逐渐零落,台上已"千疮百孔"的蔡仪敏羞得头都抬不起来,恨不得挖个地洞往里钻。机会终于等到了!嵇安猛地站起来,用高大的身躯挡住讲台,仿佛在她面前竖起一块挡箭的活盾牌。"我叫郑嵇安,是个投资顾问,可也跟着蔡经理买产品,我对她的长线收益理念很有信心。"他回头瞟了一眼沮丧的她,得到了点了点头的回应。"大家可能没有完全吃透她的精神,总想赚快钱,买进卖出过于频繁,所以亏了。"他故意停一下,环视周围。现场安静下来了,有人在思考,有人在点头。"蔡经理在这个行业摸爬滚打有年头了,可不可以让她跟我们说说新年的设想,请她教我们怎样把损失的钱赚回来?这是最实惠的呀。大家看,好不好?"那带有磁性的男中音刚落,他又用亮亮的眼睛朝全场一扫,竟使得掌声从少到多,一阵又一阵地响起。

蔡仪敏对此难以抑制的感激和惊喜,嵇安在这次见面会的第二天充分感觉到了。他借口咨询理财产品,在那家银行一楼的接待处翻来覆去读了两个小时的理财宣传册。直到蔡仪敏瘦小的身体在大厅旋转门出现,他才缓缓起身,恰好走到她面前,送上笑脸:"哟,蔡经理。"

嵇安几乎望见了她故作端庄的表情下,剧烈跳动的芳心。她一手搭在还未停止旋转的门上,顾不得旁人怪异的目光,惊喜地喊道:"你是,昨天那位!"

"嗯,郑嵇安。幸会!"他微笑着说,刻意压低了嗓门,深沉内敛的嗓音撞击在她的耳膜之上,发出嗡嗡的混响。

"对对,嵇安。你怎么来了?"

"你忘了？我也是贵行的客户啊。"

"哦,瞧我这记性。要不,到我办公室坐坐?"

"哪敢打扰你这个大忙人啊!"他心中有数,这一步走得有点冒险,所以只是稍稍做了个欠身道谢的姿态。

对方边走边招呼:"来呀,跟我来随便看看。"他紧随着她,脸上假装不情愿,脚步却像小鹿似的轻快。一路上,她像个导游不停地介绍:"这边是大厅接待处,那边是VIP(贵宾)房,里头是金库——"那些员工纷纷投来各种复杂的目光。"你看我整天忙得晕头转向的。"她随意地说。

"当然啦,蔡经理一向敬业,昨天那些人不了解你。"他用贴心的语言和对方表达共鸣。

"唉,他们都像你这样明事理就好啦。"她语气里带点伤感。

真是相逢恨晚!这对男女相识还不到两天就跨越了时空的界限。可他在她办公室里喘了口气,就转身告辞了,连坐下来喝口茶都不答应。该进则进,该退就退,他相信这样做是对的。今天他是来加微信的,顺便给对方加深一下昨日的好感,还让自己找了个下次造访的理由。

他主要想让她留下持重的印象。他为自己设计了深沉、睿智、宽厚的暖男形象,就像都市写字楼里那些事业有成的熟男。

两三天后,蔡仪敏主动发微信来了,虽然聊不出什么有趣的话题,但就是情不自禁地聊呀聊的。这看不到人却能走进对方内心世界的胜利感并没有让他自得。他还是不露声色,他想要足够的留白,来开启这个女人对他的想入非非,甚至缠绵悱恻。他要的正是这种效果:她神魂颠倒、蠢蠢欲动,而他却弯弓盘马、蓄势待发。

此刻,嵇安终于出马了,直接去了蔡仪敏二楼的办公室。办公室里的湖蓝色沙发柔软宽大,像舒适的席梦思床铺。他在她眼神的鼓舞下,挺挺腰,显示一下挺括衬衫包裹的魁梧身体,还有昂贵皮带环绕着的没一丝赘肉的小腹。在充足的冷气和氤氲的咖啡香制造的浪漫氛围里,他不紧不慢地掏出手机,将欣赏和仰慕的目光投在她脸上:"蔡经理,劳烦你帮我看看,这只股票的走势怎样?"

"这只啊?"

她紧挨他坐下,脸凑过来,高级香水掩盖不住微酸的体味:"只能短线玩玩,没潜力。"

"啊? 那这只呢?"他点开另一个。

"这个不错。"她看一眼,来了兴趣,没完没了起来,嗡嗡的嗓音像卡壳的录音带。

"哎呀,不如直接告诉我买哪只,我信你。"嵇安暗骂自己蠢,觉得这开场白够长了,赶快把手机揣回口袋。可她话锋忽然一转,开始吐槽身为职业女性的辛苦。"谢谢你相信我,可这行是男人的世界,女人做事难哪。"她开始以感伤的语气诉说起来。

嵇安不敢打断她,只是期望她那个闹心的故事快点结尾,以便尽快回到眼前这个急切需要他存在的空间。他哪来钱炒股?至于女人做事难不难,谁知道?如果贵为千金的她还觉得难,那一贫如洗的他岂不活在人间地狱?有钱时人人都尊重他,甚至奉他为股神,破产后他只能在小金融公司混饭吃。不久前,有个老友为嵇安"搭桥",介绍他和几个年轻男人出入富婆的饭局,陪的尽是些企业女老板、集团女董事长。刚开始只说大家交交朋友,而嵇安只需提供微笑,席间为对方布菜倒茶,顺带聊聊股票,以及酒足饭饱后拉椅子拎包送上车。还记得当时老友拍了拍嵇安的肩膀,神秘兮兮地说过,要是哄得她们高兴了,就可能帮他东山再起。嵇安倒有点信了,打算赌一把。于是,嵇安辞了小公司的工作,换了时髦发型,置了几套衣服,对着镜子练习微笑,还强迫自己记下不少搞笑段子来助酒兴。嵇安天天抱着希望,赶了不计其数的饭局,却没人跟他谈什么股票,倒是同去的弟兄大多被客人带走了。半年下来,只剩嵇安和另一木讷男子成为饭桌上固定的布景。

客人没选中的,要回去补课到半夜,对着一块长方形的大玻璃,练习微笑和仪态,老友不但逼嵇安交中介费,还拿出有他亲笔签字的赊账单,要他交清全部的食宿费用。每当夜半三更和那个木讷男子一起站在大玻璃前时,嵇安感受到的是屈辱和饥肠辘辘的煎熬,还有那木讷男子投来的两束无助的目光。此刻,嵇安终于知道,下次陪富婆吃饭再也不能只顾微笑和谈股市,更不能躲闪向他放电的眼神。嵇安开始在酒桌上,寻觅那些朝他发光的眼睛。一旦目标出现,他立马放下身段,使出浑身解数去撩起对方的情欲,并在心里不停地祈祷:带我走,带我走!

第一次带嵇安走的,是个做有机食品生意的女老板。饭后,他坐上她的奔驰车,去了她郊外的农场。望着原木栅栏在车后缓缓合拢,好像光明世界被隔绝在外,而黑暗的生活在他眼前铺展开来。农场西北角有栋自建的小楼,楼里只剩下嵇安和女老板。水晶吊灯璀璨的光柱里,厚绒地毯上浮尘乱飞,还有股淡淡的怪味。每想起那场面他总会不寒而栗。女老板搂着他喝了几杯白酒,接着兀自斜躺在地毯上,短腿伸得笔直,通红的醉眼示意他:"帅哥,过来跪下,帮我脱鞋。"

他傻眼了,站着一动不动。女老板晃悠着脚重复了一遍,兔子般迷离的眼里射出了凶光:"就让你跪着脱个鞋,还愣着干什么?"

他慌忙走向房门,刚想伸手开锁,忽然被她喝住:"这么晚了没车回城!跟你玩玩罢了,紧张什么?我可是给了钱的。"她粗壮的手撩了撩散开的头发,板着的脸突然松弛了下来,"你不是还想谈谈股票吗?"

股票?这是第一个跟他谈股票的有钱人,或许她真能助他在股市里"咸鱼翻身"?反正回家无路,不妨先听听她的高见。他这样想着,就慢慢转过身,将信将疑地向她走过去。

"过来,再靠近点,你长得像电视里走出来的。"她坐起来,狡黠地笑着,两手撑住地毯,跷着的脚晃悠得更厉害了,像个老练的母猫玩弄着爪下的硕鼠,等待这个不知道姓名的男人将残留的自尊悉数抛开。

"姐,要不我们就这样聊聊股票?"嵇安虚着眼瞟向她,声音小得只有自己能听到。他还想说,如果要调情,他可以说些黄段子甚至干些其他的,何必要这样呢?今晚之前,他从没给女人脱过鞋,更何况下跪,即便是当年向心爱的女人求婚时。

"听我的,快跪下,替我脱了鞋,再聊股票。"女老板一锤定音。

他知道上当了,想缩回去,可一想到大玻璃前那个屈辱的场景,又动摇了。他趋前半步时,整个身子变僵了,只好一手撑地,一手扶住缓缓跪下的膝盖,那羞辱的姿态让他魂不附体,似乎他所触碰的不是柔软的地毯,而是望不见底的枯井。他所不知道的世界原来是如此空洞,如此黝黑。后来他还是跪了下去,为她脱了鞋,像是他从前在窗口偷望到的,前妻的背影在积雪反射的白光里慢慢飘远了一样,他最后的尊严也飘远了。

嵇安在回忆那羞辱的一幕时,蔡仪敏则在职场的旋涡里打转。"有些同事总是有意无意地挑唆客户跟我过不去。"她说。

"是呀,那些人生来就爱搬弄是非。"嵇安小心附和着。他开始不断变换着表情以呼应她瞬息万变的情绪,眼睛却上下打量着她。听说她奔五了,但她系一条艳丽的爱马仕大花丝巾,头发黑亮,腰肢纤细,说起话来沙沙的,很费劲,连丹凤眼都瞪圆了。在她终于从旋涡里挣脱出来,一点伤感的情绪也没有后,竟然拉着他来到墙边的书架旁,指给他看一张放大了的生活照。

"哇,你好漂亮!"嵇安啧啧赞道,照片里的她还是个妙龄少女,手捧的饮料杯里直冒热气,那热气诱得他肚里发出了叽里咕噜的饥饿声。她会意地笑了笑,赶紧抬手看了眼钻石腕表,热情地说:"一起吃个午饭吧,我还没谢你呢。"

打算中没有这顿饭,他清楚这又是该退的时刻,可刚从那段痛苦的回忆里走出来,着实累了。所以,当他将左手伸向公文包时,竟不自觉地点了点头。

嵇安跟着蔡仪敏来到了一家玲珑的咖啡馆,圆桌很小,两人几乎挨着吃完了饭。买单时,她自然地按住了他掏钱包的手,说是她让服务生记账,并略带抱歉地说:"这里的饭菜不好吃,周末来我郊外的别墅吃好的。"被她按住的手兴奋地将她纤瘦的小手反抓在掌心,不轻不重地握着,牵着走上阳光炽热的街头。一时间,他有种错觉,仿佛这个相识并不久的女人可以伴着他,走向永远。

告别蔡仪敏后,嵇安没再上班。一进家门,他马上卸下了全套"装备",换好汗衫短裤斜躺在沙发上。前妻吃惊地张大了嘴:这么早回家?

家?嵇安冷笑。他想告诉她,他真想有个家,一个有人嘘寒问暖的家,可这个家已留在记忆里了,现在他只是这里的房客。不过,离婚后他租住过的那套公寓,差点成为他第二个家。那阵子手机里存满了女老板的信息,"生意"火爆得应接不暇,他因此逃离了那个老友的盘剥和掌控。他把关系稳定的女老板分了类:年龄、收入、行当、话题、兴趣等等,又重点备注了她们出手的多少,还做了五花八门的记号。打上"#"的是断绝来往的小气鬼,而名字边画着"@"的,是表示即便做那事也保持一定修养且出手大方的人。他的手机不离手,有事没事打几个字跟女老板们调调情,难得心情好也会发个滑稽的表情包,但他从不接听电话和聊视频,偶然使用一下语音,也是因为难得遇上了对炒股有见解的人。

而那个做建材生意的老板娘是个特例。她住在市中心高档小区的十八楼,儿子在国外,老公几个月不回家是常态。每天她衣冠楚楚地坐在豪华宽敞的办公室里打理生意,深夜里她忍不住那种落寞就会去找人鬼混,偶尔来电或视频必定是大热天的正午,让他陪她去登山,而平日里杳无音信,除了她在喝酒,又喝得刚好似醉非醉时,像是她身体里某种东西突然贲张,她就会带他回家。如果是在寒冷的冬天,她会打开所有窗户,任凭呼呼的北风乱窜。浑身透着酒气的她,迫不及待扒光两人的衣服,然后将他扑倒在冰冷的地板上,掐着,拧着,不自觉地进入激烈的动作程序,并开始用幽怨的声音反复咒骂她的花心丈夫。在黑幽幽的房间里,刺骨的寒风不停地渗进两人赤裸的肉体,她在强烈的颤抖中喋喋不休地哭骂,但那哭骂声只有被她骑在身下的他才能听清几句,剩下的都随风飘走了。他只接她的电话或聊视频,还愿意忍受酷暑严寒的痛苦折磨,为的是只有她能给他套牢的股票付出几倍的补偿。至于她为什么找他,他不知道,也不想知道。当她把心里的怨愤发泄完,就伸开四肢舒缓地躺着,满是泪痕的脸上渐渐浮出了笑意。他想,或许他离开后,她还会在这漆黑无声的空间里继续痛骂老公吧,等到明晨醒来,便会拎起皮包,开车穿过热闹的街市,正襟危坐在那个气派的办公桌前继续忙碌着,间或也会出去找人调调情,直到下一次醉眼蒙眬才会想起找他。

那种用古怪的刺激方式换来的短暂快乐,他感受不到,也不想体会那种感觉是什么。那些奇葩的女老板,明明玩耍得接不上气了,也要假惺惺地暖他心:"你舒服吗?你喜欢吗?你快说呀!"弄得他只好挤出几丝笑容或虚情地连连点头,甚至还要附和几句应景的话,而他心里说,坚持!坚持!再坚持!多一份坚持就是多几只股票!反正他所经历的女老板,虽然风光背后的心酸故事不一样,宣泄情绪的方式更为不同,但有一点都一样,找他抚平了心灵,就用金钱的回报套住他。

不久,连被套住的机会也失去了。有天中午,那个被秸安甩掉的老友带着几个"打手"找上公寓,进门就边威胁边放出狠话:"我要让你好看!"说话间,像是长了眼的拳头已落在了秸安好看的脸蛋上,又对准他下身要害部位猛踢几脚。秸安本能地捂住裤裆,惨叫一声晕倒了,醒来时已接近黄昏。借着微弱的光线,秸安依稀看到了满屋的碎片和手机的残骸。手机坏了,微信里的客户信息自然也没了。嵇安的脸还是好看的,可眼圈渗出的鲜血像细细的小蛇蜿蜒爬上地毯,留下绝望的拖痕。他忍着下身的剧痛努力爬起来,竟发现身子底下有一摊满是臊味的尿液,显然他的小便失禁了。老友进门时就丢下的威胁话让嵇安害怕,害怕而又不敢声张。嵇安不得不放弃了那套租住惯了,并打算买下给女儿读书的学区房,幸好先前寄了笔钱给老家的父母造了新房,还买了养老保险。嵇安随便带了点劫后余物,请邻居开车送他到了熟悉的小诊所,在那里疗伤半个月后,另找了住处。

  新居在城郊,隔着脏乱不堪的城中村,与蔡仪敏的别墅遥遥相望。新买的手机没有了旧信息,嵇安曾忍不住想恢复原先的号码,以便女老板们找他,却又担忧老友会随着旧号码尾随而至。新住处狭小破旧,光线暗淡,但还算安全。他躺着,等待身心的痊愈。梦里梦外,白天与黑夜的过渡不甚分明。醒来他就呆望屋顶的蛛网,观赏堕入网中的可怜飞虫玩命扑扇着翅膀做最后的挣扎。闭上双眼,他搜肠刮肚在记忆中寻找客人的微信号,一个个似是而非的号码循着错综复杂的蛛网纷至沓来,不时被粘在网络的某个拐角,随时会被蜘蛛吃掉。

  几天后,在一个炎热的中午,身体还没痊愈的嵇安,卷着铺盖骑上刚从房东手里买下的二手电瓶车,穿过热闹的大街,拐进老小区被烤化的柏油路,来到前妻家那个楼道口,可他徘徊好久也没脸敲门,最后还是被出门玩耍的女儿拖进屋里。因为那天凌晨,他听到了可疑的敲门声,他害怕老友再找上门来,又没个去处,临时起意,搬到了前妻家里。嵇安重新回到了先前工作过的小公司,工作内容还是老样子。他省吃俭用凑钱买了阿玛尼衬衫撑场面,还配了一副高级变色镜,来遮掩掉眼部的伤疤。他到处结交同行,有意收集着 VIP 客户的背景资料,还死记几十家交易火热的电子股,硬背几份金融杂志上的经济产业动向,只等合适的目标浮出水面。不经意间,他在朋友圈听说了蔡仪敏。他预感到幸运之神将再次显灵——把她送到面前。他没有道理不抓住她。他厌倦了在风雨飘摇中的零敲碎打,就像银行接待散户,业绩根本没有保障。他打算锁定目标,重点突破。他愿意成为任何一个刁钻挑剔的 VIP 客户的固定客服,从此随叫随到、尽心尽力。只要她肯在他股票账户投入足够的资金,他的额头甚至可以盖上她的印章,在合约期内,他只为她一个人服务。哪怕是三年、五年,只要她要求,无论合理与否,哪怕有不为人知的怪癖,有不能言说的嗜好,他都会俯首帖耳,任她调遣。若是她烦了腻了,他会自觉地离开,决不纠缠。

与蔡仪敏约好的礼拜六早上,前妻把糟老头留下的衣服、牙刷什么的统统扔进了垃圾桶,嘴里还嘀咕着"再不让那个糟老头踏进门槛半步"之类的。她说这些话的时候,嵇安正忙着洗头吹发,耳朵里嗡嗡嗡的,没听清她在叨叨什么。不过,他听女儿说过,前妻已到一家饭店做了保洁员,这让他的心放回了肚子。这时,蔡仪敏的司机已在楼下嘀嘀按着喇叭。

路上很堵,几小时后车子才穿过别墅前院茂密的花木,入库停好。下了车,嵇安走上清爽别致的鹅卵石道,正担心迷路,蔡仪敏已从绿荫掩映的小路深处走来,向他挥手。强烈的光线里,她枯瘦的手青筋毕露,令他倒吸了口冷气,可他还是高兴地让这手亲昵地挽住左臂,并肩走向梦中的生活场景。

"你今天精神不错,昨晚一定睡得很好。"她夸他。

其实他状态并不好,幸亏早上刮了胡子吹了发型。昨晚他又梦见有人上门捣乱,撕碎了他的阿玛尼衬衫,扒掉进口皮鞋什么的,更烦心的是早上前妻的叨叨,几乎耽误他收拾头脸。

搞定头脸,嵇安又觉得今天身上的阿玛尼衬衫不合适,可找不到更体面的,也只好将就了。这不,刚走几步就汗湿衣背了,好在步行的路很短。当蔡仪敏挽着他穿过灌木丛,步入立着两头石象、雕着花鸟鱼兽的别墅前门,中央空调散发的冷气扑面而来。

客厅的大理石圆桌上已摆好了午餐,清蒸石斑、蒜蓉龙虾、炭烤牛排、奶油蘑菇汤和一盘荷兰豆,都是精致的好菜。"随便吃,别客气。"她说。

嵇安有些感动,因她还开了一支拉菲红酒,并亲自斟好酒,举起来和他碰杯,杯子发出清脆的响声。或许是各怀着心事,他俩都吃得很少,酒也几乎没碰。饭后,保姆出来收走了碗盘,还给他俩各斟了杯茶。

"咯吱咯吱咯吱——"

默默喝茶时,不知从哪里传来细微的怪异声音,嵇安好奇地四下张望。

蔡仪敏似乎没听见,兀自放下茶杯,指着大厅的旋转楼梯说:"来,我带你随便看看!"

他被她带去客厅、卧室、棋牌室、健身房、K歌房、桑拿房和书房。博古架上陈列着各式各样的古玩器皿,墙上挂着主人姿态各异的艺术照和一些看不懂的名家字画,曲里拐弯又穷奢极欲的走廊兜得他晕头转向。经过主卧的时候,她的手好像因为讲解的疲惫或欣赏艺术品时容易激发的情感,而有意地在他左臂上轻轻摩擦。他在众多目标里选中她,就因为这个。圈里传闻,她喜欢"提携"听话又帅气的男助手,这沸沸扬扬的传言,哪有此刻这只多情的手来得真实。

她究竟打算在哪里出手？他猜测。主卧里的席梦思大床挂着纱幔挺有情调，客厅的宽大真皮沙发也很舒服，刚刚还注意到，窗外好像有片绿油油的草地，要是喜欢刺激的话，那里也是个不错的选择。反正他期待左臂上的手再抓紧点。他努力维持肩并肩的姿态，不敢走错半步，以免她的手突然松开。他不敢太主动，又怕错过机会，患得患失中，已经走过了主卧。

她领他进了书房。"离婚后，我就搬出了主卧。"她喃喃地说，"我每晚都看书，累了就在这里睡。"

顺着她视线，他注意到，落地玻璃窗边有张宽大的水床。纯净的淡蓝色如湖水般心旷神怡。他突然想起她办公室里的那张淡蓝色大沙发。

"我喜欢淡蓝色。"她对正盯着水床出神的他说。说话间，挽着他的手已从侧面搂住他的腰。女人主动搂腰，那是暗示他赶快脱衣服。心领神会的他轻轻拨开她的手，脱掉衬衫，迎着玻璃反射的刺眼阳光，跑到窗口："要拉上窗帘吗？"

外面还是隐隐约约传来咯吱咯吱的声音，可看过去，连个鬼影都没有，只有一大片草坪，绿得鲜亮。

"不用。窗外是后花园。"她说。他扶好变色镜，过来贴着她,她却伸手轻推他,但心里说好,推得很乏力,也很轻易地被他的手臂环抱起来放到床上。好像撕开礼物的包装一样掀开她考究的衣服,轻抚她瘦小的身体上还算光滑的皮肤,用他温柔的手指和湿润的舌尖。这时,周围静得出奇,他能听见自己怦怦怦的心跳和她渐渐急促起来的呼吸声。

"咯吱咯吱咯吱——"

那怪声突然又响了,惊醒了云里雾里的他。"什么声音?"他有点慌乱。

"粉笔划着玻璃。"她平静地说。她身体微微后倾,凹成一个随时可以躺下的弧度:"我前夫成天拿粉笔在玻璃窗上计算股票的净利。"

嵇安一怔:前夫?股票?还有什么?他放开手,侧耳细听,可那声音又停了。

她叹口气,爬过来抱住嵇安。她上身裸着,散发着高温。"别管他,他一直这样的。刚结婚,他就迷上了炒股,也不要孩子。结婚第五年,大盘暴跌,他亏惨了。还好没学别人跳河,却成了这样子,苦了我哪。"

她像在说一条宠物狗,这条狗感染了一丁点儿感冒菌。嵇安轻柔地挣脱她的手臂,跳下床,贴紧玻璃向下看。那个倒霉的男人站着,握着粉笔的手停了下来,可嘴巴对着玻璃嘟嘟囔囔个不停,好像中了邪似的。

嵇安心里涌起一股无名的酸楚。窗外飘来一阵阵清香,就连耳畔的细语也带了淡淡的香味:"他不吵不闹,就爱拿粉笔算每只股能赚多少——他当年炒股还不兴用电脑。后来我爸发了财,送我这房子,我就把他安置在这里。也许这对他反而好,每天在这里做同一件事,没啥指望,也不再有痛苦。"

嵇安被她推了一下,示意回到床上。可他还傻站着,手指抠着窗玻璃,眼睛模糊了。

"你哭了?为他难过?哎呀,对你说没事的,你这样,我会内疚的。"她的身子再次贴上来,火热的舌尖扫过他颈窝,像要继续适才中断的温存。

任何东西都可以演戏,比如嵇安对她的表情、举止,甚至感情统统都在演戏,而唯独一直以来他无法伪装的伤痛,居然在这个酷暑里的陌生书房窗口前真切地表露了出来。他清晰地记得,自己高考落榜后,看到小学文化的表哥在城里炒股发了大财,就固执地告别了小山村里的父母,背了个包裹,追随表哥来到蓁城,从此像着了魔一样痴迷上了炒股。即使后来表哥因股市暴跌抑郁而死,妻子因他痴迷股票离他而去,嵇安也没有回头。"其实我跟她前夫一个样！但她前夫比我幸福,至少她前夫悠然地活在自己的世界里;而我却痛苦地活在别人的眼色里,就像变色镜一样,随时都要见光变色。"他想。

她滚烫的手指,缓缓地松开了嵇安的纽扣和拉链,裤子马上掉下来。他没有抗拒,却也不想在这突来的伤痛中做下去。这时,窗外火红的烈日已渐西斜,绿油油的草坪蒙上了一层灰黄色的光。他眼看着她枯黄的手爪来回摩挲他的胸膛,像玩赏,像抚慰,他的一双厚实的大手也忍不住那还算丰满而略显松弛的乳房的诱惑,只好打着圆圈不停地揉搓。

或许是发现嵇安的情绪不好,蔡仪敏的手渐渐爬上他的脸,温柔地说:"其实,我去上班只为打发时间罢了。我一直想再找个男人,只是没遇到好的。只有跟像你这样,又正气又好心肠的,两个人一起过日子,该多好啊!"

"是真的?"嵇安捂住额头,一阵晕眩,扶着玻璃窗才勉强站稳。

"当然了！我真的喜欢你啊,也真心想再成个家。"

"带我走！带我走！"嵇安曾经疯狂地在心里呐喊过,眼下居然有望实现了！他想马上转过去,用双臂狠狠环住她,响亮地吻遍她的全身。可他的脚却紧紧钉在原地,眼睛直勾勾地望着窗外,他想看清楚她的前夫——那个像他一样为股票痴狂的人。恰巧,她前夫缓缓仰起脸来,看到他们时,突然举起紧捏粉笔的手,一迭声地高喊:"我赚钱啦!我赚钱啦!"喊着喊着,又手舞足蹈地跑到草坪上转圈子。

她前夫的神情,执着、疯狂而又迷茫,嵇安好像在哪里见过。哦,想起来了,那块大玻璃前,还有嵇安每天对着梳妆打扮的镜子里,像吗?

难道这是早已注定的?嵇安不相信,也不敢相信。他摘了变色镜,把脸用力抵住温热的窗玻璃,忍了好久的泪终于流下来,流在薄暮中的窗玻璃上,又纷纷从玻璃上一扭一扭地流淌下来。

春雨霏霏

一

那年的春天,三十岁的韩露是压抑而躁动的。当时,她还住在出版社拥挤的职工楼里,每天早晨骑电瓶车上班。深夜回家时,幽暗的楼道里总是那么清冷。

韩露脱离了原来的生活区域后,才感到,原来的生活区域给予她心灵的慰藉是难得的,虽然她有让某些人眼红某些人企盼的职位,而且不管是否发自内心,至少场面上,那些人对她是尊重的。她时常弄不懂,这种微妙的心理是怎么来的。当然,或许她根本不想去弄清那些费解的问题。她觉得,累积在心底的沉渣和一些硬往心里钻的杂念已经难以招架,干吗再自寻烦恼呢?

那夜下起了春雨,飘飘忽忽的雨丝,很细,很密,不紧不慢,纷乱缠绵。韩露没穿雨衣,穿行在这细雨中,时不时有风迎面吹来,被吹得东倒西歪的雨丝便纷纷飘沾在她脸上、身上,像是裹挟着办公室里那男孩特有的味道,丝丝缕缕飘进她的心里,她的心顿时泛起一股股似感伤又快慰的情绪。她不愿想这是为什么,只是一味沉浸在这种氛围里,悠悠地骑车回家。

见习编辑郝义健壮的身子散发着特殊的味道,那是一种青春男孩和廉价烟草混合的味道。他黝黑骨感的脸上,一对大而明亮的眼睛里,时常透出几分野性。有时他会凑近韩露解说文稿,巴结的笑容里所漾出的那种别样眼神扫过她的脸颊时,她顿觉麻酥酥的,好像触电了一样。她故作正经地坐在他身边的椅子上,盯着纸稿,在电脑上改了又改。这时,窗外的暮色里飘起了细雨。

此刻,办公室里的气氛怪异极了,韩露的身体和郝义挨得很近,必要的交流也颇多,以致一不小心就会触碰到他的眼神。可她一眼都不看他,她清楚她在极力回避着跟他的目光交流。

文稿初步改好,已是晚上八点多了。韩露本想叫几份外卖,填饱肚子后,继续修改。可不知怎的,她忽然改变了主意,说:"我本该改完的,可还有点事,只好辛苦你了。"对他说话时,她的眼睛有意无意地瞟向窗外。

郝义却满脸堆笑地看着她,一迭声说没关系。

袁助理一直在自己的座位上候着。一般情况下,只要主任韩露不走,她也不会下班,尽管她有小孩要照顾。韩露把余下的改稿要求告诉郝义时,外头的雨丝已经绵密了起来。袁助理赶紧把满是股票走势分析的电脑屏幕关掉,走到韩露办公桌边,麻利地帮着整理桌上凌乱的纸稿。郝义把纸稿按页码一张一张地理好时,已经没了刚才的拘谨,很自然地和袁助理闲聊,眉目传情,一点也没有了在韩露跟前的不自然,笑得也很轻松自在。望着眼前的情形,韩露心里不是个滋味,可不知为什么,她突然对袁助理说:"你陪郝义加个班,加班的时间你记着。"

袁助理是编辑部主任助理,二十七岁时就由韩露力荐,登上了这个"宝座"。她现在刚满三十岁,打扮妖艳,脑子活络,说话腻人,特别会讨男人欢心。编辑部在同一个大办公室里办公,看上去袁助理和郝义的关系挺不错,而郝义在编辑部的口碑不太好,同事们时常对他指指点点,或是冷言冷语讥笑他,很少有人真心和他交谈。袁助理和郝义交谈起来倒很融洽,看不出有啥隔阂和避讳。至少韩露是这么看的。

当韩露让袁助理陪郝义加班时,她可能并没有想到,这给袁助理创造了一举两得的好机会——既可以领到加班费,又可以堂而皇之地和郝义独处。换句话说,袁助理不伤脑筋就可以和郝义共度一个浪漫的雨夜。也许其中最关键的是,韩露只有把郝义推向带有潜在危险的袁助理身边,她才可能收回已经越境的灵魂,她不愿和郝义之间发生什么,她也坚信自己根本不可能跟他发生什么。

二

韩露穿过走惯了的幽暗的楼道,回到家里,换下被细雨淋湿的衣裤后,似乎已经抚平了今晚因为加班而引起的情绪波动。书房里填满了电脑里的音乐声,丈夫和衣斜躺在躺椅上,一条右臂垂在躺椅的扶手上,手中的书本若即若离,差不多已经完全掉在那块她从土耳其带回来的花地毯上了。她走过去,很想叫醒他,或是帮他捡起书本,盖条被子什么的,可她没这么做。她认为让他这样躺着是最好的。

韩露对丈夫这般模样是不陌生的。只要她晚回家,丈夫一定是穿着衣服躺在躺椅上,手里捏着一本书,电脑音量照例调到最大,似乎不这样就没法入睡。为了这个,她跟他吵过好多次,可他还是老样子,在音乐的巨大声浪中酣睡到深更半夜,才起身,跌跌撞撞地摸到被窝里,然后固执地扒掉她的睡衣,开始折腾起来。为此,她和他分居了,她留在主卧,他睡客房。有时候,他也会摸到她的床上去,但那时,她直觉就是他喝多了,以致从躺椅上起来,摸错了方向。而在她当上编辑部主任以后,他连摸错床的机会都没有了。

韩露清晰地记得前年初,将她招进出版社的副总编升了总编。国庆节过后,总编找到韩露,问她想不想当编辑部主任。她说没想过。因为她知道,逐级提拔是干部升迁的惯例,而自己只是个小编辑,哪能越级当主任?

总编好像猜到了她的心思,神秘地笑了笑,说:"出版社是按业务能力论高低的,只有像你这样精通业务的人,才能派大用场。"韩露低头想想,觉得也是,现有的几个编辑部副主任大多是半路出家,别说编审文稿的质量了,就连一些常用的词语也时常会搞错。想到这里,她没多想,就抬起头对总编说:"如果上面有所考虑,我会服从的。"

在他还没当总编之前,韩露算是他的亲信,可凡事都会变化的,他已经坐稳了总编的位置,还会不会像从前那样为她考虑,她心中没底。不料,元旦刚过,有关领导就找她谈话,升她做了主任助理。过了五一节,单位又送她去外头培训了一阵子,培训回来社里就正式下了文件,她怎么也想不到,自己这么快就当上了编辑部主任。她的升职仰仗了总编,可也是得益于社里目前的情况:两派人为了抢夺位子斗得不可开交。待到两败俱伤时,得益的倒是不偏不倚的韩露。当然,韩露业务能力过硬,再加上品行端方,为人又低调,无形中生出些威信,这些威信也恰好成全了她。

理所当然坐到了办公室里最好的位子上,韩露竟恍惚了,几个月也缓不过来,火箭式的升迁扰乱了她原有的生活节拍,她忙得更不着家了。丈夫因此整天冷脸对她,还迷上了白酒,有时捧着酒瓶喝得酩酊大醉,甚至卷了铺盖夜夜睡在书房的躺椅上,再也没有钻过她的被窝,这让她很不舒坦,不过,一旦专注于繁杂的公务,她渐渐也就顾不上了。倒是出版社里的情况更烦人。她刚上任,就不断有人费尽心机讨好她,那些人有的是为了晋升,也有的渴望解决编制,更多是想通过手头的书稿选题,以便从作者那里弄点好处。虽然他们的表现方式各不相同,但有一点是相同的,就是对她十分恭敬。可那都是为了巴结她,她知道。她有几分感叹,也有几分得意,毕竟有宽敞舒坦的座位,毕竟管辖的范围变大了,还有那么多笑脸面对她。当然,她并没有因此把自己高看了,这或许就是她跟那些人的不同点,她甚至认为那些人把名和利看得过重了,而她不是,她做不好主任,还可以当编辑,她想。

在韩露恍惚的那几个月里,郝义走进了编辑部,也渐渐走进了她的视野。

  那天,韩露审完稿件已经很晚了,却见郝义也在办公室,就用上司的口气问他老家哪里,学什么专业,多大了,有没有女朋友什么的。这样,她马上得知二十八岁的他来自偏僻的山村,名牌大学的研究生,来出版社之前在一家小报社干过两年,其间谈了几个女朋友,都嫌他没房没车,甩了他。韩露没再问下去,只是说:"像你这么能干的小伙子,还愁找不到女朋友?要不,帮你牵牵线?"其实她也就是随便说说。郝义可能看出了这一点,苦笑着说:"谢谢主任关心,这事儿等过些时候再说吧。"

三

  韩露呆望着熟睡的丈夫,实在有些疲劳了。她开了一天的选题会,下班后,啃了个夹心面包,又忙着为郝义修改文稿。可丈夫并不关心她的现状,确切地说,丈夫压根不同意她这么干。他依然斜躺在书房的躺椅上,微微隆起的肚子随着鼾声一起一伏,电脑屏幕里,各显神通的歌手们在舞台上卖力地嘶吼着,音量自然被他调到了最大。奇怪的是,此刻她竟然不觉得吵闹,反而感觉到了前所未有的宁静,她觉得好久没有这么平静过了。她不由得搬了张椅子坐到丈夫身边,若有所思地注视着他。她喜欢看他这个样子,因为一个熟睡着的丈夫才能唤醒她心里的柔软,也只有在这样的氛围里,她才觉得像个家,妻子陪伴着丈夫,而丈夫习惯性地熟睡在乐声里,这或许就是她此时对于家庭的全部愿望。不经意间,丈夫侧过身来,把左腿压在了她的膝盖上,她实在吃不消,可又不敢动弹,生怕不小心弄出异样的动静,会让丈夫突然从睡梦中苏醒。醒来的丈夫便会粉碎眼前片刻的宁静。争吵,直至唇焦口燥而倦于争吵,随着丈夫的苏醒必然重复上演。他会诘问她为什么这么晚才回家,甚至扯开嗓子责骂她,说她是工作狂,说她根本不像个妻子,甚至不是个女人,连孩子都不想生,想让他断子绝孙什么的。这话虽骂得狠了点,但说的也是实情,丈夫出生于北方的一个小村庄,三代单传。她也时常为此感到内疚,可这能全怪她吗?她想。主任工作的复杂性已经使她筋疲力尽,哪还有心思顾及其他?即便以前,她还是小编辑的时候,手头的事也是没完没了。其实,她很喜欢两人世界,喜欢在丈夫唱歌时为他拉着手风琴伴奏,特别喜欢陪他一起看流星雨;她也喜欢孩子,甚至在房间里摆放了会说话的电动娃娃过瘾呢。可出版社工作没有规律,加班加点是家常饭,再加上她总想把每件事做得尽善尽美,因而格外费脑费力。起初,丈夫在言语里对她流露不满时,她假装没听见,依然我行我素。久而久之,丈夫跟她的关系越来越淡,以致时常借酒浇愁,最后,连吃饭睡觉都分开了。这也就解释了她为啥宁愿负重坐着不动,因为只有在这时,他们才能心平气和地共存于同一个空间,互相包容,互为一体。她好像用自己的双膝小心地呵护了这宝贵的平静,顿觉周身洋溢着暖流。

坐着坐着,韩露的眼皮涩得睁不开了,身子也几乎随之晃起来,她不停地告诫自己:不能打瞌睡,丈夫在睡觉! 可眼皮不听她的,沉重得像两条石片,她咬牙掐了几把自己手臂上的肉,掐得青一块紫一块的,可还是迷迷糊糊地晃动了身子。这不大的动静,对于熟睡的丈夫居然像是发生了地震,她还没来得及挺直腰板,丈夫果真已从躺椅上跳了下来,绷着脸瞪眼望着她:"你又这么晚回来!"这时,哪个不知名的歌手近乎呐喊的声音正从电脑里飘出来:"这世界我来了——"丈夫的咆哮竟压过那个大音量清晰地飘进了她耳朵里。

她怯怯地说:"早回来了。"在回话时联想到了郝义那温柔的笑容、热辣的目光。这时,她难以说清心里的感觉是极乐还是痛楚。

"早回来才怪呢。"丈夫右手握拳猛击一下木质的躺椅扶手,哼哼冷笑着说,"谁知你在外面干什么?"说完,丈夫瞪着她的眼珠子好像将要蹦出眼眶。

不知怎的,她不愿意再次跟他陷入无聊的争吵中,叹口气,就朝自己的卧室走去。刚走几步,她觉得应该主动和他说话,缓解气氛,就折回来,柔和地说:"实在对不起,这阵子回来太晚了。"

"这阵子,这阵子,何时是尽头?"丈夫还是不依不饶,但语气明显缓和了些。

这时,韩露发现丈夫右手指缝里有蚯蚓似的鲜血流下来,显然是猛击躺椅扶手留下的。她很不满意,声音大了些:"流血啦!犯得着吗?"说着她取过纸巾帮他擦血。

"你管我犯得着犯不着!"丈夫说,说完不太高兴地把她的手推开……

四

春雨是捉摸不定的,第二天早上,蓁城的天空还是灰蒙蒙的,雨却停了。韩露提前骑着电瓶车出了门,上午她得主持一个重要的选题会,总编和社里的其他领导都要出席。她想早些去做准备,待会儿主持时,弄得好点。

谁料,走进办公室,看到袁助理,韩露脑子里就冒出了郝义,而把主持会议的事丢到了脑后。

韩露问袁助理:"昨晚你们几点走的?"

袁助理说："快十点了。"

韩露原本指望袁助理继续说下去，袁助理却只顾忙着整理手头的资料，不吭声了。没办法，韩露只好继续问："昨晚吃得好吗？"

袁助理说吃了碗方便面。说完，她看见韩露疑惑的眼神，赶紧解释起来："昨晚加班结束时，职工食堂关门了，也叫不到外卖，出去吃又不方便，所以一起到郝义的职工宿舍里用方便面将就了。"韩露刚进社时也住过单人宿舍，那里像鸽笼似的一间挨着一间，屋里空间很小，只够放一张单人床和一张小桌子。如果来了客人，只好跟主人一起挤坐在床沿上，这样近的距离，很容易拉近人与人之间的关系，比如两人的身子会不自觉地挨到一块儿，她有这方面的经验。袁助理居然去了他宿舍！韩露心里咯噔一下。

"那你很晚才走吧？"韩露又问。

袁助理说："泡碗面挺快的，吃完我就走了。"

韩露嘘了口气，不好意思再问下去。只是，她还是对袁助理有了点看法，原本是她叫袁助理陪郝义加班的，没想到袁助理陪了加班又陪吃饭，这让她很不高兴。实际上，最想陪郝义加班吃饭的是韩露自己，她没法做到，所以，就对袁助理有了反感情绪。

韩露冷静下来,仔细想了想,觉得自己对郝义没有非分的念头。她是编辑部主任,尤其在国企,就算遭受丈夫冷落的她寂寞难耐,也不会移情于身边的同事,她再糊涂,孰轻孰重还是能拿捏的。想是这么想,可每次郝义出现在视线里,她心里都有一种莫名的悸动。其实,郝义那种帅不太符合她的口味,有点粗糙的帅,就算她回到谈婚论嫁的时候,也不会选择郝义这样的男人做丈夫。韩露对郝义有个大致的了解。他父母都是山村里的农民,家里还有两个姐姐和一个弟弟,都没有读过什么书,只不过打点零工、种种地。他家还住在山上的破房子里,尽管她没有亲眼见过,可她旅游时看到过那种地方的房子,没有自来水,没有卫生间,搭着茅厕,垒着土灶,有的地方连电都供不上。郝义本人虽然受过高等教育,可行为举止还是比城里的同事们粗俗,比如说在公共场合随意扔烟头,还抠鼻子挖耳朵什么的。他卫生习惯也不好,身上时常散发出一股怪味。除了抽烟,她猜想他可能还不怎么洗澡。他平时穿的衣服档次不高,却很时尚,就是颜色俗了点,韩露对此不敢苟同。郝义的普通话不标准,夹着浓重的乡音,他与人说话的时候,常常缺乏必要的教养。比如有一次他和作者交流时,端着架子,口气也是硬邦邦的。他可能是跟少数老资格的同事学了点表面功夫,因而显得可笑了。当时,韩露正好办事回来,从他身后经过,见他这样子,心想,他也是个人物哩,避着领导的眼睛,他也会对人呼来喝去的——像他这样的"凤凰男"大多是这个样子的。

即便郝义身上有或这或那韩露看不惯的,可一见到他,韩露还是不能自已,她体内的敏感地方就会被激活。她不知道为什么会这样,或许是他给了她急需的温暖?是的,他的温暖就像空气一样,包围着她。比如他陪她加班,帮她找资料,为她招呼客人,等等,反正他愿意为她做一切,只要她需要。或许是他浑身洋溢的青春活力。这也是事实,他穿的衣服虽然廉价,但求新求变是明摆着的,还有他办事干脆利落,连走路也是轻快的,而这些恰是她所欣赏的。

想到郝义的温暖和活力,韩露自然联系到丈夫身上。

韩露在读大学时就和丈夫好上了。他是她的古代文学老师,比她大十多岁。她崇拜他的博学多才,因而毕业后就嫁给了他。丈夫是那种生活简单、极有个性的人,他每天几乎过着课堂、食堂、家庭三点一线的生活。他不喜欢跟人打交道,甚至碰到熟人也不主动打招呼,但喜欢她对他小鸟依人,比如晚上陪他散散步,偶尔看看流星雨,或是唱唱歌什么的。他长得不好看,又不注意打扮,就连头发白了也懒得去染一染。她过去说他几句,他就会说学校里不讲究这个,现在甚至还会反过来质问她每天打扮得花枝招展给谁看。他说话不绕弯,也不注意她的心理变化。可能丈夫在自我封闭的世界里待得太久了,身体和精神都已进入了一种超尘脱俗的状态,不会再有追求外表的低级的年轻男性的表现了——这些或许就是丈夫没法激活她的原因吧?

在理智上,毫无疑问韩露是偏向丈夫的,但丈夫无论怎样也无法带给她郝义的那种感觉。不知怎的,有时她会埋怨甚至痛恨郝义身上散发出的不洁诱惑。

五

春天是阴晴不定的,蓁城晴朗了几天后,又飘起了细雨,空气里自然生出了几分寒意。在琐碎繁忙的编辑工作中,韩露内心深处刚被激活的东西正渐渐委顿下去。

下了班,郝义还坐着校对文稿,韩露照例看一些文件。这几天社里正征求他们部门人事调整的事,人事干事送来了正式员工、见习员工和实习生的名单,郝义的名字在见习员工之列。当郝义手里拿着文稿走到她身边请示的时候,她没有站起来,扶着椅子往边上挪了挪,给他腾出可以站立的空间。此刻,郝义身上的味道又飘了过来。

韩露不禁问:"你还在见习期?"她握住扶手,努力让自己的神情看上去平静而随意。

郝义愣了愣,赶紧点头。

韩露没头没脑地说:"哦,就这样吧。"

郝义自然听不懂韩露说这话是啥意思,因为她自己都不确定,他又怎么会懂呢?

郝义若有所思地走了,也留给了韩露思考的余地。

韩露在郝义离开之后,仿佛逐渐厘清了自己本来有点混乱的思绪。郝义的魅力可能来自他本身的青春活力,来自他长得帅气而又善于揣摩年轻女上司的心思,还可以说他的魅力来源于他展示魅力的方式露骨且庸俗,投女上司所好几乎到了谄媚的地步,这样更能撩拨得她们情难自抑。韩露是这么认为的。因此,韩露觉得郝义不太适合在她身边工作,他应该到男领导手下去谋职。在她这样的女上司身边,因为他的帅气和过分的巴结,会使同事们看不惯,也会让她们这些拖家带口的年轻女上司犯晕,就跟韩露一样。可对郝义而言,也许他的想法恰恰相反,虽然在国企他是见习的,但想迅速站稳脚跟,凭着自身男性的魅力和手腕打动女上司是个捷径。

那阵子,韩露常常被总编派去参加各种会议,她在内心不断排斥那些占据大量时间的会议时,自己的威信也不停地在开会中得到确立。常务副总编外出开会的机会逐渐减少,她的会议越发增多,这明摆着,快到退休年龄的常务副总编将要退居二线了,如果他退下来,她很可能接班。她明白,精明的总编想用这种方式,为她来日的晋升鸣锣开道。

六

韩露表面上很平静,心里却有了些设想,要是她升了常务副总编,就得调整一下现有的格局。

一天中午,韩露吃完饭,就到办公室里修改一份发言稿,下午她还要去参加一个社里的协调会,与会人员几乎都是各部门的头头,在他们面前露一手是必需的,对她的发展也挺有帮助。

这时,办公室里只剩下韩露和郝义。她刚打开电脑,郝义就向她走过来。她故意盯着屏幕,直到他站到她桌前,问:"主任吃了吗?"韩露才动了一下眼皮,说:"吃了。"说着她抬起头来,面对他的脸,用上司的口气问道,"找我有什么事?"

"我、我……"郝义从未这么紧张过,都有些口吃了。他尴尬地笑着望向她。

韩露一时没防备,眼神不由自主地躲闪了一下。她把鼠标放开,挪了挪身子,微笑着问他:"说吧,啥事?"

郝义深吸了一口气,拉了拉衣服,下决心般说了出来:他的见习期快到了,可是人事干部却迟迟不办理转正手续,还说他能不能通过考核还是个未知数。他头头是道地讲了一些同事挤对他的琐事,说起来还一条一条的。

郝义说话时,韩露一直没吭声。她的沉默倒使他越发不安,他好像是受了欺负的小媳妇在向丈夫倾诉似的,到最后几乎是乞求了。他涨红了脸,用哀求的目光直勾勾地盯着韩露,目光里还饱含着一种期望:只有你能救我!韩露的目光跟他对视了一下之后,赶紧避开,移到了墙角的三人躺椅上。

目光相触的那一刻,他原本就大而明亮的眼睛哀伤起来越发让韩露眩晕,她差点儿站起来握住他的手。如果她真的握住了他的手,他的手也许会哆嗦,还可能反过来用他粗大的手掌握住她娇小的手,甚至一把将她搂进怀里。想到这里,韩露盯着墙角的三人沙发出神,那张沙发是特意为她午休配的,和家里客厅那张一模一样,淡淡的米色,洁净而高雅。这时她想,只要她暗示他一下,以她的美貌和身份,她绝对可以把他约到家里的那张沙发上去。

实际上,韩露坐着没动,她依然平和地对郝义说:"嗯,就这样吧。"

那天下午的会议开得很顺利,会后,大家还一起吃了晚饭。吃着吃着,韩露又想起了郝义。这时,谈笑中有人恰好提及了郝义,说是有个同事晚上去职工宿舍探望病人,经过郝义宿舍时,无意中听到了他和袁助理在里头打情骂俏。韩露顿觉心头一颤,但很快释然了。她确信自己做得对,没有在恍惚的时候冲动,如果她没有自控,那烦恼就会随之而来。郝义就有理由要求她帮他转正,并重用他,还可能要她帮他解决生活中的一件件麻烦事,说不定还会要她甩了家里的老头和他在一起……按这个逻辑推理下去,韩露越想越怕,越想越觉得自己做得对。当然,或许郝义从来没这么想过,那些只是他对女上司惯用的公关手段罢了,就像他跟袁助理那样。可即便如此,韩露对他还是有了新的看法。

几天后的一个下午,社里问韩露对郝义转正的意见时,她没直接回答,而是随即找到袁助理,说:"郝义为转正的事找过我,上面也要我表态,可我一个人做不了主,需要大家讨论。"

袁助理会意地点头说:"领导您忙不过来,就不用为这点小事操心了。"

郝义还未转正,就被调配到了发行部,主任是个老资格的男同志。据说韩露私底下找了总编,她和总编到底说了郝义什么,旁人当然是不知道的。

　　转眼又到了细雨霏霏的春天,韩露顺利晋升为常务副总编,不久后还搬出了原来的生活区域。乔迁新居后的一个夜晚,韩露和丈夫坐在院里的凉椅上,一起仰望夜空,等待着预报中的流星雨。突然,流星纷纷拖着长长的、半透明的尾巴一闪一闪照亮了黑寂的夜空,还没来得及看清楚,便已消失了,空留一道道完美的裂痕,真切、凄美。裂痕慢慢淡了、化了,夜空又恢复了宁静。韩露往丈夫身上靠了靠,却还痴痴地望着流星雨消失的方向,心里流淌着无尽的感伤。

- 如水似铁

- 172

流逝

去年以来,李慧芳身体浮肿,头晕眼花,她以为是气虚血亏。这一回,她明显感觉病了。从塘里爬上小木船,从前只需扒住船帮,一撇腿就上了,眼下非得要船上的儿媳或老伴,装好小龙虾,整完竹竿、地笼,凑过来,紧抓她的臂膀,铆足劲,才能把她笨拙的身子拽上来。儿媳陈山妹三十出头,腰圆膀粗,整日辛勤劳作,却依旧精气神十足,让恹恹的慧芳显得像烈日下的小龙虾,半死不活。

奇怪的是,慧芳感觉病了,还不是腰酸腿痛,体力退了,而是吃不下小龙虾。以前,那些爆炒的小龙虾,香飘四溢,一出锅便直溜进她的肚里。平日里,但凡周围看护房爆炒小龙虾,她也会咂咂品味飘散的几缕麻辣香味。

是吃不下小龙虾的原因吗?痛楚的身体更乏力了。蓁城的盛夏,刚好是小龙虾的繁殖期,岂能说歇就歇呢?山妹网满一舱,扬起滚圆的胳膊撒着饵料,汗湿的布褂,紧绷绷地勾勒出腰和背的肌肉线条。稍停,她又跨进塘里,捞掉漂浮的垃圾,黝黑的脸上挂满汗珠。慧芳有心帮忙,却直不起腰来。她默坐在船头,让热辣的阳光,驱赶关节的疼痛,瞟见山妹使劲脱掉闷热的高靴,又剥下湿透的布褂,只露出冒着热气的蓝背心,包住了丰满的胸脯。

慧芳羡慕的目光在那胸脯上停留一秒钟之后,赶紧避开,移到看护房了。

看护房重建有年头了,茅房,砖地。租下后,买来木材、隔板,捣弄成两个逼仄的房间,以及必须弯腰才能进的饵料房,还带个露天院子。

五十开外的慧芳,比老伴小不少,却在前几年就独居了。这原因还真是说不出口——儿子儿媳半夜三更折腾的声响,诱发隔壁床上的老伴,时常对她发起笨拙的挑逗,她吃不消。

慧芳只好独宿在木船上。木船是从上家养殖户手里买的,四米多长,一米多宽。修理一番后,加了顶棚和窗户,形同以前的住家船。慧芳祖辈都是内河船上人,父母早逝,留下她这根独苗,和老伴李根宝成亲后,仍在船上讨生活。但内河的鱼越来越少,又逢水上交通秩序整顿,不许渔船停靠主干道,渔民纷纷回岸上定居,大多改做水产养殖。正赶上螃蟹市场好,慧芳鼓动根宝卖船,又掏出全部积蓄,承包村里的池塘养蟹。谁料满塘娇贵的蟹苗,转眼就被大举入侵的小龙虾斩为美食。慧芳被一阵急风暴雨打得不分东西,却晓得,养蟹致富的美梦泡汤了,于是,随大流,借钱买来虾笼,扩租池塘,改养小龙虾。没几日,慧芳听村主任对前来参观的人说,这家是养虾专业户,心里咯噔一下。她习惯了渔民的称呼,一下子听到这个新名字,难免有些奇怪。

无论是不是养虾专业户,这些年来,慧芳一家四口,都蜗居在看护房里。可村主任介绍说,他们比船上的日子,好过多咯。

这是实情。以往一家子,全仗几张渔网过日子。如今,告别了风餐露宿的船上生活,儿子李水生还能抽空去厂里打点零工,贴补家用。

休息了几天,慧芳好像有了点精神,又好像更萎靡了,最怕是长夜,分分秒秒,啃进她心里去。天才麻麻亮,就听院里瓢盆叮当,那是山妹点火做饭的声响。看护房里不许生火,灶具挪到了院里。躺在船舱里的慧芳,能凭着动静准确分辨出所有家人,哪怕是喝粥的吸溜声也不一样。

山妹说:"阿爹,我去喊姆妈吃早饭。"

根宝说:"还早呢。"

山妹说:"水生厂里有事,今天要起笼,又要撒料,我忙不过来。"

根宝说:"有我呢。"

山妹斜瞅着他:"你摇船划桨做得了,撒料就得了吧。"

根宝不服,挺了挺胸,说:"难道我比不过病秧子?"

"病秧子!笑死我了,你俩比不得,你一条腿,姆妈两条腿!"根宝因患小儿麻痹症,左腿落下残疾。山妹嗓门大,船舱里的慧芳震了震,故意掀开竹帘探出头来。公媳两人见了,便没了声响。

此时,根宝来到船边,伸来一条粗糙的跳板,慧芳用手扶稳,啪一下搁好。比起儿媳,六十年前,慧芳娘在河边竹篮里捡起的根宝,才更是亲人!前几天,根宝问赵老板要了几块木板,拼凑了这条跳板。叮当几个通宵,却能方便老婆安全上下,根宝打心眼里高兴。哪像儿媳,婆婆吃几个刚断气的小龙虾,也要给她脸色看,说什么死虾也能卖钱的。

山妹见到婆婆,笑道:"姆妈,夜里下雨,没漏水吧?"这是儿媳稀有的暖心话。慧芳点个头回了她。

躬身进了小茅房,挤出几滴酱油色液体,昨晚的小便,可不是这样的,慧芳有点害怕。这当儿,她期盼老伴和儿媳忙得稀里哗啦的。她想遮盖一种自卑自怯。

哎哟起身，一眼从小窗望进逼仄的卧室：小两口的衣服被子乱堆在床；根宝也是满床邋遢；唯有鲜红的福字，工整地倒贴在灰暗的墙上。慧芳东一脚西一脚转到敞亮的院里，愁苦地坐在餐桌边，根宝抹抹桌子，山妹喊着"姆妈"，递来青边大碗。烫，她端不住，粥汤晃荡几下，泼洒几滴在桌面上，清凌凌的。早饭通常是老三样，稀粥烙饼佐榨菜，有时也会添点山芋或南瓜。

山妹脸上有些巴结："这是新米，赵老板送的，煲了好久，黏吗？"

慧芳拿筷子搅了搅，脸上堆起乌云。

山妹尴尬地说："今天要起大小地笼，姆妈能帮着撒料就好了。"

根宝说："你姆妈走路都抖，哪有力气撒料？"

山妹撇撇嘴，转过身，一猫腰，进饵料房装料去了。

根宝终究怕儿媳。别看儿媳一口一个阿爹姆妈的，不小心招惹到她，她就会大发雷霆："良心被狗叼了！要不是我鬼迷心窍，嫁到破船上来，你们儿子还是光棍一条！"

趁这当儿，根宝捏捏老婆浮肿的胳膊，一捏两个小窝。这是学着乡村医生的方法。那天医生嘱咐慧芳上城里看病，山妹立马拉下柿饼脸，掏诊费的手抖索起来，骂城里医生都是骗子，不如让婆婆吃点药再说。

跟从饵料房出来的山妹擦肩而过时,根宝说:"你婆婆肿得厉害,累不得!"

山妹鼻孔里冷笑一声,说:"我就累得啊?我也是爹妈养的,却像牛一样干活,一年到头,哪天歇息过?"说着,伸出粗壮黝黑的小腿,虬结的青筋,似蚯蚓成团。

塘边脚步踢踏,引来一阵鸡鸣狗吠,但见一人朝这里走来。

山妹眼尖:"哦,是赵老板。"

慧芳迎了出去。饭店赵老板拎着纸板盒走进来,互相招呼过了。

山妹将斑驳的条凳移到赵老板身旁。赵老板一屁股坐下,便从口袋里掏出一沓半新不旧的钞票。

山妹接过钱币到餐桌上点数。餐桌是水生捡回的破货架,上面铺了块带花的塑料布。慧芳把一个粗瓷茶碗,颤巍巍端到赵老板面前。

根宝说:"赵老板这么守信,上月底结的那笔虾款,修船、补网,正凑手。"

慧芳道:"赵老板,喝口水吧。"

赵老板接过茶碗,看着慧芳日渐僵硬的手脚,说:"还是根宝想得周到,给你弄跳板了。"

山妹不乐:"阿爹对姆妈可贴心了,跟我是隔心隔肺的啊。"

"难不成你——"说了半句戛然而止,慧芳咽下了涌到舌尖的话头。

赵老板反感山妹不明事理,又不便批评她,赶忙打岔——弯腰递过纸板盒,送给慧芳。

慧芳接过来,手抖得厉害,天知道是感动还是病痛,她的目光落在了盒面"多功能按摩仪"几个字上。

赵老板对根宝道,听说慧芳腰酸腿痛的,这种按摩仪能舒筋活血,缓解她的酸痛。

慧芳看着他,眼里蠢动着一丝感激。

根宝为赵老板续上茶水。

山妹已戴上草帽、手套,粗声说:"出工啦,再晚了,来不及送货啦。"

赵老板问:"你老公呢?"

山妹说:"厂里上班。"

赵老板笑道:"有事做,真好。"

山妹说:"那家里的活儿,也得有人搭手哦,我又不是千手观音!"

慧芳已抖索着戴上手套。

赵老板对山妹说:"我来当你下手吧?"

山妹一脸惊讶:"折煞我也,大老板!"

慧芳高兴地说:"赵老板刚好下塘去散散心。"

山妹朝她翻了个白眼:"塘里又热又脏,哪里是散心的地方。"

赵老板倒是铁了心:"正好闲着,同你一道去,搭把手也好。"转脸对慧芳说,"你身体不好,在家按摩吧。"

根宝瞟一眼山妹,又转向赵老板,说:"慧芳还是去吧,她拣虾还拣得动。"他怕慧芳落单,更怕山妹再闹口舌。

最后四人一起上了船。山妹三下五下,扯下遮风挡雨的竹帘,抱进舱里。根宝解缆时,赵老板收起跳板,挨着慧芳,坐在船尾,暗叹山妹能干。

木船缓缓驶入塘中。天空晴朗,能见度很高,可见不远处笔直的堤埂。堤外挤挤挨挨的农舍,醒目的门匾,不是农家乐,就是民宿。紧靠堤埂的水榭,雅致精巧,似一朵盛开的荷花浮在水面,门匾新漆过,那上面的篆体字特别扎眼:荷苑。荷苑的回廊里,有人在溜达,三五成群;廊下,有不少人散坐在水边钓鱼;水面上,鹅鸭成群,嘎嘎嬉闹个不停。

赵老板眯缝着眼,朝南面眺望,叹道:"才几个年头,冒出这么多饭店,还差不多天天客满呢。"

山妹盘腿而坐,随他的视线看过去,说:"也不知他们的钱是怎么弄来的,开店跟捞一笼小龙虾似的。"

赵老板道:"不要去眼红有钱人,这年头,身体好,有事做,就是王道。"

根宝附和道:"钱,多也罢,少也罢,死后都是一蓬青烟!"

慧芳感慨道:"好端端地活着,赛过神仙!"

山妹接得快:"赵老板倒是赛过了神仙!先前七伤八痨的,现在活弹弹的,上天揽得月,下海捉得鳖,一年能挣几百万吧?喏,南面那个是你的荷苑吧?比仙宫还好。"

赵老板故意收回目光,点头道是。

引擎熄火,船停在下笼的塘面。岸上有条横亘东西的公路,路南一箭之地,是一堆错落有致的农家乐。鹤立鸡群的荷苑,就是赵老板的特色饭店。如今主打的招牌菜是小龙虾,也卖黄鳝、甲鱼、黑鱼什么的。

八九年前,慧芳蹬着破旧的三轮车,来到附近农贸市场,兜售小龙虾。慧芳的小龙虾都是从池塘里直接捕来的,尽管卖相少好,但属纯天然,被识货的赵老板全都买走了,并告诉她往后常年送货到饭店,有多少要多少,日结月清,而且不压价。慧芳千恩万谢时,赵老板却说感谢她的虾。慧芳送货上门时,便把十来斤鲜活的小龙虾都送给他。

礼尚往来嘛。

而后但凡去送货,慧芳总会歇个脚,喝口水,跟赵老板唠一段家常。赵老板父亲早逝,母亲又多病,他是靠吃百家饭长大的。他做过螃蟹生意,被人坑了,老婆跑了。他又上城里开饭店,赚钱不少。他掏出半数积蓄,资助村里修了桥,老村主任将其命名为"康桥"——"康"是赵老板的名字。另一半,他用来孝母养儿。没想儿子不成器,聚众斗殴,不久便吃牢饭去了。老母被活活气死,赵老板也积郁成疾,挨了刀子,丢了大半个胃。他带着伤病,独居老宅半年,相中了公路边的好市口,在这里,他找回了快乐和收获。他先是盘掉城里的老店,投资农家乐,而后零碎吃掉周围萧条的店铺,渐渐地,形成了如今的荷苑。

他说过:"趁着小龙虾市场好,我还想搞点批发,你再扩大些养殖面,所产小龙虾,我全部包揽。至于如何分成,你说了算。不瞒你说,跟你合作,我赵康图的不是赚钱,而是想填满大把时间,等待儿子回家,从头再来。"

他还说:"回到家乡后,我的身体越来越好,终于从鬼门关走出来了。这是我用心经营荷苑的收获。人这一辈子,哪能尽如人意?做了自己喜欢做的事,日子自然过得舒心。你说对吗?"

慧芳喜欢赵老板的有情有义,喜欢他的坚毅乐观,更喜欢他对自己的信赖。他俩都是摸爬滚打过来的生意人,互相知道诚信的意义。这些年来,上门推销者络绎不绝,唯有慧芳家的小龙虾,向来个个饱满鲜活,回头客好过了他心里的预期。毫无疑问,荷苑的兴旺,跟她家的小龙虾有关。这不,每回供货前,慧芳总是精挑细选的,那些死伤的、瘦弱的以及误入的杂类,自然成了自家篮里可选的菜。

日久生情,起初赵老板替慧芳家新添辆三轮车,得济的是慧芳,她往荷苑跑得更勤了。后来她病了,反倒是赵老板往她家跑,除了提货、结账,送的鸡鸭鱼米都来不及吃。儿媳便疑惑地看着慧芳,那眼神,不是怕病恹恹的婆婆勾搭了大老板,而是担忧辛苦养殖的小龙虾被贱卖或送掉了。

赵老板的确收过慧芳的回赠,大多是几斤养殖的小龙虾,偶尔也有一两斤野生小龙虾。有一回,他突来灵感:要是有一只野生虾王,能在县里的小龙虾节夺魁,荷苑岂不闻名遐迩了?

慧芳知晓老板的心思后,一直留意着。以前常见的野生虾王,如今几乎绝迹了,难找。

山妹探出身子,贴着船帮,伸手抓住水淋淋的网头,扯过来,扭紧网口,哼哧起身,一格沉甸甸的地笼便被拽上船头。

根宝关了引擎,拿起船桨,瞄准山妹手里的地笼,缓缓划过去,山妹把地笼一格一格地收起,叠在甲板上。赵老板寸着脚步凑过去。

哇,这么多!赵老板有点意外。地笼里蠕动着密密麻麻的小龙虾,还有少许误入"歧途"的鱼虾。

山妹麻利地抓起另一个网头,说道:"这地笼小,一天得下好几回呢。所以,动作要快!"

这跟捕蟹不一样,赵老板盯着拥挤的小龙虾,若有所悟。

"虾王!"赵老板叫道。但见一只出挑的小龙虾,在网眼里挣扎。

"找、找到啦!"慧芳一头使劲叫喊一头缓缓仰起脸来,盯着赵老板,眼神里有一丝阴郁遮不住的兴奋。

山妹抹了一把汗,喊声道:"姆妈,你倒来瞧瞧,只不过手背长,这就叫虾王?"

慧芳探过身去看了看,不由得皱起了眉,然后说了声:"当真不是。"便垂下了头。

赵老板尴尬地说:"以前倒是见过,现在印象模糊了。"

这时,荷苑水边笑成一片。循声望去,好像有只笨鸭,误吞了钓钩上的鱼饵,几个人跳下水,七手八脚活捉那只笨鸭,嬉笑声不绝。

山妹扒拉着网眼里的小龙虾,有点得意:"他们能钓到个啥?敢是闲疯了!"她已在周围水域布下了天罗地网,没有出口。

"他们是钓个乐子!"赵老板说着,瞟一眼水面密集的笼网,随口问:"你们这样下笼布网,一年下来,要比水生收入多吧?"

山妹不禁一怔,说:"比不得大老板呀,你店门一开,钱就哗哗送上门来,我们全仗小龙虾吃饭。虾苗放多了会死,天太冷长不起个头,水太脏会病死。自己也不能有伤,不能有病,更不能有天灾人祸呀。"他俩不由得望向坐在舱边拣虾的慧芳,她整个身子,浮肿得几乎失真了。

提到收入,赵老板得意道:"荷苑每年交税就得六七十万呢。"

山妹道:"你还有店面呢。"

"店面全部出租了。我住老宅,房子不算大,二百多平方米。"

山妹嫉妒道:"二百多平方米,还不算大?看护房不满二十平米,我们一家四口,挤在里面,还得交租金哪。"

赵老板说:"毕竟有个落脚点,租金多少?"

山妹道:"看护房连同几十亩水塘,每年至少八九万。改养小龙虾时,公婆加水生,东借西凑,也凑不满八万,其余二三万,还是我涎着脸问老乡借的。唉,借钱那个滋味,你大老板,没尝过哪。"

赵老板叹道:"我知道的。我也落难过,想当初养蟹没本钱,求爷爷告奶奶借来几千元,到头来竟打了水漂,于是,债主催讨,老婆跑了,儿子吓尿……一咬牙,不就跨过那个坎儿了……早知道,我借给你们。别说三万,三十万也不要紧的。"

山妹啧啧称道:"到底大老板,阔气！早晓得这样,我又何必大哥长大哥短地央求老乡,欠下一堆人情呢。"

山妹有意抬高嗓门,慧芳怎么听都不舒坦。山妹说:"你知道,没有像样的房子,要想讨媳妇,门都没有！哪个女人情愿嫁到破船上活受罪呢?"

这是实话,但水生是幸运的。山妹嫁给了他,是那种偶发的"英雄救美",凑合了一桩婚姻。山妹来自东北小山村,早年,跟同厂的打工仔结了婚。婚后,丈夫有幸被老板提携,让她过上了理想中的日子。没想丈夫暗度陈仓,秘密搞大了一个俏丽女人的肚皮,抛弃了她。她气不过,跳了河,刚好被摇船路过的水生救起。山妹一时念情,又见他老实本分,就跟了他。

接连出水好几个地笼,大多不过五六斤,山妹的脸憋得死白,突然跺脚道:"都死到哪里去了?这阵子天热,按理一笼起码十来斤。"

赵老板宽慰道:"别急,好戏还在后头呢。"

根宝摇动船桨,渐渐地,靠近水草深处。赵老板按山妹指令,一路撒料,脸上不住地沁出滴滴汗珠子。

地笼相继出水,果真都是沉甸甸的,有的提都提不起,赵老板上前助力,笑道:"有戏了?"

山妹没好气地说:"见鬼了!"说着,把沉重的地笼抛回水中,又抬脚踢翻饵料桶。

山妹过分了!根宝乱了方寸,用眼神向慧芳讨主意。他知道,慧芳认真起来,山妹还是怕她三分。有一回,山妹暗里把死虾卖给了饭店,慧芳发现后,骂得很凶,逼迫山妹追回货,退了钱。黑心钱,赚不得!是慧芳的口头禅,也是她的底线。谁逾越了她的底线,她就跟谁过不去。山妹讨厌她这一套,可又领教了她的倔脾性,回头也就作罢了。慧芳抖索着站起来,不紧不慢地说,拖起来吧,怕是挤坏了。山妹气还没消,目光凶狠地徘徊在根宝与慧芳之间,突然恨恨地说:"死鬼,脑壳进水啦!"慧芳不知怎么安慰她,陪她声讨了水生,顺带用眼神同情她,用语言鼓励她。山妹嘴里说着气死了,双膝便着势跪下,重新起笼。慧芳的怀疑果然被印证,冗长的笼网刚露出水面几米,堆积成团的小龙虾,多半没了动静。

赵老板一头雾水,目光转向慧芳。

慧芳舔了舔干裂的嘴唇,无力地说:"这片水域,是水生下的笼,但不知为什么,他没及时回来收笼。"

赵老板明白了,因为起笼太晚,小龙虾堆积过多,造成了大量窒息死亡,今天的苦头便白吃了,难怪山妹情绪失控了。

又收起几个地笼,山妹已抬腕看表了。烈日当空,山妹仅穿短袖衫和黑色绵绸裤,还是浑身湿透。而慧芳呢,衬衣外裹一件长袖黑外套,依然畏冷。两人的衣服,都是赵老板送的。他说得熨帖,多余的几套员工制服,搁着也会发霉,倒不如废物利用。

制服,梦幻般的字眼。小学毕业后,给父母当下手的年月,慧芳朝思暮想着告别漂流的水上生活,去城里当个纺织女工。那时,穿上制服是她最大念想与荣耀,却没承想终究跟真正意义上的制服无缘了。

山妹立在舱边,扶住船帮,吆喝一声,根宝得令把船划向池塘深处。这是第五片水域了,最后一个棋子,不要下错了。山妹紧锁双眉。慧芳默默祈祷。赵老板叉腰站在船头,凝望荷苑,那是他全部的希望和荣耀。他不再年轻,但模样依然坚挺而结实。男人需要女人的温情,他是屡遭事业、家庭和疾病的重创,才孑然一身吗?是的,命运不可测,但可以抗争。美丽繁荣的荷苑,就是他跟命运一点一滴拉力的成果。

这时赵老板头回下塘看收虾,不满平日一半的收成,还连个虾王的影都不见,太使他失望了吧?慧芳感到不安。当然他脸上毫无表露,看起来不是特别高兴,但也没有半点不高兴。可见他对于现场,一切都能适应。知晓了这点,她心里踏实多了。

不多时,慧芳感到晕乎乎的,便用双手捂住头。平日里,她早就四仰八叉躺在阴凉处了,这时却得忍着,赵老板在场,她不能失体统。她自然不会料到,片刻后回到岸上,她会支撑不住的。

地笼出水大半,依然没有多少活虾。山妹弯腰撑着双腿,喘口气,继续弓腰收笼,嘴里不住地埋怨道:"老虎没打着,打了小松鼠,今日亏死了。"

正说着,山妹的手抖了抖。

随着湿淋淋的地笼,一把接一把拖拉出水,山妹大气不敢出。最后一格了,山妹忽然加速,哗地把地笼拽上船头。

一只硕大的小龙虾刚碰到甲板,像遭了电击似的蹦跶起来,企图破网而出。

山妹抄起搭钩扑过去,那大钳像长眼似的探出网眼,夹住她的手指,山妹惨叫一声,腾出手来用搭钩扣住虾头,它这才松开钳子,露出她血淋淋的指头。慧芳见状,支起身子,凑过来,哆嗦着掏出手帕递过去,说:"快扎上。"

"难不成是虾王?"赵老板惊喜的眼神里夹杂着疑问。

"是啊,还是王中王哩!"山妹一边包扎,一边兴奋答道。

赵老板瞬间两眼放光。这下,荷苑的美名远扬指日可待啦!

根宝探头望见虾王,就像捡了个金元宝,笑得合不拢嘴。

慧芳也来了精神。她拿起麻绳,又放下,怕绑伤了自养虾以来从没见过的虾王。她掏出粗皮筋,同山妹、赵老板一道死死套住大钳。

随后,三双手小心地解开网口,把虾王放出。赵老板立马用手机拍下小视频,展示在微信群里。

三人又抓起虾王,小心放入水池,连忙罩上金属盖,只留了条喘气缝。

有了虾王,今日便皆大欢喜。

慧芳抬头望向赵老板,长舒了口气。她终于对他有交代了。

山妹叉腿坐在舱边,乱蓬蓬的头发披散着,尽管手指还在渗血,那神情却宛如得胜归来的功臣。根宝得令返程了,木船渐渐近岸,赵老板急切地问:"就给我带回去吗?"

"当然咯!"慧芳的声音细若游丝。

山妹未等靠岸,一跃而上:"我去拿网兜。"

待山妹迅速抱来网兜,却听扑通一声,坐着拣虾的慧芳突然倒下。

赵老板连忙扶起慧芳,根宝丢下摇橹,一瘸一拐赶过来,惊问:"怎么啦?"

慧芳面如死灰,不吭声。

山妹狐疑地问:"姆妈,怎么说倒就倒了呢? 刚才不是好着哩。"

慧芳捂着肚子,慢慢蹲下去。

根宝大声叫道:"慧芳!"赵老板见势不妙,连忙搁好跳板,和根宝一前一后架住慧芳,拖扶进屋。赵老板刚退回院里,就听到根宝的急呼声:"快,来人哪!"

山妹和赵老板慌忙进屋,只见慧芳躺在地上,口吐白沫。赵老板转身奔出去开车。

根宝抬起慧芳,山妹为她冲了杯糖水,她只喝一小口,就吐了。

不一会儿,一辆黑色的奥迪车停在不远处。

赵老板进屋敦促道:"快走,到一院,我熟悉。"

山妹漫不经心地说:"要送医院?"

赵老板忙说:"人都这样了,不送哪行?"

山妹犹豫着说:"谁去送虾王?"

赵老板忙说:"明天我派人来取,价格好商量。"

山妹迟疑了一下,才应承道:"那好。"

池塘得有人看守,根宝只好留下。赵老板和山妹架着慧芳走过去。赵老板打开后座车门,两人乱着手脚把慧芳放平。赵老板开车,山妹坐副驾驶,穿越虾塘,通过康桥,路经荷苑,一路颠簸进城。上了医院,他吩咐山妹扶慧芳坐在大厅,他挂好号,又租了轮椅,和山妹一起推慧芳上了五楼。

五楼诊室里的医生,抬头一见赵老板,就笑着喊他名字。医生见慧芳病情严重,旋即询问病史,量血压,然后掀起她衣服,检查前胸后背,见满是红点,叹气;捏捏胳膊大腿,按按肚子,肚子胀得像鼓,又叹气。继而说,要做血检和尿检。赵老板问,是否需要住院,医生说,必须的。

山妹惊愕道:"这么个岁数了,住院,至于吗? 不就是头晕吗?"

医生瞪她一眼,对赵老板说:"检查得排队,明天才出结果。"

赵老板说:"好,这就去。"

谢过医生,赵老板推着慧芳做检查、办手续。一路跟随的山妹,感觉那些过程太慢了,慢得像过了一辈子似的。

折腾了一天,慧芳竟毫无食欲,赵老板给她买来小龙虾泡饭,也只尝了一口。当晚,根宝来电说,水生要加班,叫山妹陪夜。山妹不答应,说,这斤把重的虾王,值上万元呢!网传出去了,小偷不会惦记吗?根宝说,他在,虾王就在!虽然他信誓旦旦,但山妹还是不放心,要是小偷来光顾,凭他单打独斗,哪行!她挂断手机,便匆匆离去。她需要回家,需要看护虾王。她豁出去了,一路疯跑到车站,可惜没能搭上末班车;赶五六十里夜路,也不现实;叫滴滴,又舍不得。末了,她只好哭丧着脸返回病房来。

慧芳僵直地躺在病床上,恍恍惚惚像是回到舱里,夜风拂水,孤月照影,只是,没有蛙声咕咕,水声潺潺,唯有儿媳粗重的鼻鼾一声高过一声。

慧芳听着,翻来覆去睡不着,她想叫醒山妹,可是没有。慧芳不满山妹的不近人情,甚至蛮横无理,但也有自责,没能让能干的儿媳住上好房,为李家延续香火。唯有对她用心照顾,能忍则忍,方能弥补内心的愧疚。

夜半三更,山妹的微信铃声响起。慧芳欠起头,但见山妹叮嘱刚好下班的水生,拍段虾王的视频给她看。

等了会儿,虾王的视频没传来,却传来了根宝破锣似的哭骂声,婆媳俩同时伸长脖子,盯着视频,能看到根宝蹲在舱边,指着水池哭骂。水池的金属盖滑开小半,手机朝里照照,里面空空如也,除了少许小龙虾。

这下可好,山妹拍着大腿,嘴里乱骂,骂哪个天杀的偷了她的虾王;骂公公窝囊,一个大男人,连只虾王也看不住;骂水生拎不清,不在家里守虾王;骂虾王不地道,她流血流汗大半天,到头来竹篮打水一场空,直骂得招来护士一顿训斥,方才闭嘴。

慧芳满心苦涩,弱弱地唤山妹,想要安慰她一番。山妹却不理婆婆,只是用谴责的目光看着她,似乎提醒她:"你看看,我没在,父子俩连只虾王也搞不定,明摆着,这个家,得靠我一个女人来撑,太好笑了!"慧芳视而不见,只是默默垂泪。

中午,赵老板领了化验单来了。待他一进门,慧芳两道不安的目光便落在他脸上,她披了一脸的泪水,略略抬了抬肿得馒头似的手,颤声说:"对不住,真的对不住你啊,虾——虾王逃了。"

"没事!没事!来日方长呢,早晚你能找到它的。"赵老板嘴里宽慰着她,心里发急,转身示意山妹随他出来。

等在病房外的医生悄声告诉山妹,慧芳疑是横纹肌溶解症,这跟她长期水上作业,以及过多食用小龙虾有关。

山妹听不懂医学术语,可一看赵老板的脸色,就晓得不妙。

赵老板急切地问:"有危险吗?"

医生说:"住院观察。"

山妹挑着眉说:"住院?钱呢?验尿就是好几十,验血上百,再要住下去,全完!"

赵老板说:"人命关天!药费我来垫。"

山妹扯过化验单,咻咻道:"垫的总要还啊。"

"那就算我账上吧。"

"你这是打我耳光啊!"水生火急火燎赶来了,红着脸对赵老板吼道。他又转脸问山妹:"存单呢?阿爹的不也全归你了吗?"

山妹的话不好听了:"那些存款,是买新房的,动不得呀!多少年血汗积攒起来的钱币啊,要是把这点家底掏光了,我们儿子落地住哪儿?李家要断根的啊!你保证,我就不会跑掉吗?那存单就是李家的命根子!……"怨恨从她那两片厚嘴唇上喷薄而出,势不可当。

虽不是存心偷听,可山妹的喉咙特别高些,间或不免有好些话漏到病床上人的耳朵里。扑通一声响,慧芳抖颤着翻身下床。水生赶紧冲进去,把她往床上扶,她身子软软的,一条腿刚被搬上床,却蹬住,不肯上。儿子使劲托她双腿,她却摇头,眼里汪出一两滴悲伤绝望的泪来,唇皮吃力地翕动了几下,儿子听清了,她要回家!

秋风从窗户缝儿里吱溜溜钻进来,挂着的黑色相框被吹得晃来晃去,扑突扑突敲着墙。山妹看到公公按住相框,仔细端详。大红的福字换为婆婆的遗像,婆婆没能撑过去年春节,相框前的公公,虽是长了一岁,却似老了十年。

立秋之后,暑热依然未消,村主任领着一批专家来了。这些专家是村主任请来为"美丽乡村建设"做前期调研论证的,计划把村子打造稻香、麦香、花香的环保观光型农业基地。村主任指着布满笼网的宽阔水域说:"这三百多亩原是稻田,后来承包出去搞创收,渐渐地,形成了养殖水产的池塘。"

为首的专家说:"这倒也没什么,问题是,那些饵料对环境污染太大了。"

"说得对,我们也意识到了问题的严重性。"村主任抹了把汗,同情地说:"就是这些养殖户里有不少上岸的渔民,生活没有保障,在这里,没有户籍,没有农保医保,更买不起房,长年居住在看护房或是船上,有的小夫妻连孩子都不敢生养。"

专家们纷纷拿出手机拍照,先是岸上,再到塘边,还走近慧芳的小院，远景是浮光跃金的水面，近看有黏稠腥臭的蓝藻，横七竖八的断网地笼，破烂的木船，违章搭建的看护房，露天的炊具，低矮的茅房，成群的鸡鸭，还有竹竿或绳索上形形色色的衣物。

三个月后，村里实行"退塘还田"，寄身在看护房的养殖户，限期搬迁，慧芳的家人无奈，只好打点行装。好在住房已弄好。婆婆走后，山妹买了套百来平方米的二手房，便宜又实用，是赵老板牵的线。搬家的时候，小两口把船卖了，别的都带走了，零零碎碎塞满了搬家车。临走时，山妹怕落下什么，先去屋里屋外走了走，又沿塘岸兜着圈。她四下环顾，忽然指了指塘底，拉着水生执意要下池塘。池塘已被弄干，除了一条连接外塘的小沟还流淌着涓涓细流。水生扶着山妹朝她所指的那个方位走过去。山妹怀孕了，水生分外小心。走到小沟旁，山妹突然呆了，傻了，那只虾王，横躺在干涸的泥洞口，粗壮饱满的身子萎缩干裂。唯有粗皮筋完好无损，只是变形褪色了，那是婆婆亲手箍上的。婆婆临终前，先嘱托儿子儿媳为赵老板寻找虾王，再从枕头套里掏出一沓纸质物，就是这种粗皮筋箍着的，其中五张是存单，总共两万多元，其他都是大小纸票，散发着怪味。这些都是近年来，根宝零碎给她看病、补身子的保命钱，她一分没舍得用。她哆嗦着递给山妹，说是给她买房的。买房也是婆婆临终嘱托了赵老板。赵老板暗里贴补了双方的协议差,十万元,才促成了这笔买卖。这是山妹刚听说的。

水生敏感地看到,山妹盯着缠绕虾王尸骨的粗皮筋,身子像筛糠似的哆嗦着,然后,双手抚摸着微隆的肚子,慢慢蹲在地上,大放悲声,水生竭力劝说,只是劝不住。泪珠顺着她的脸颊滚落,愈来愈多,愈来愈密,最后融进小沟里的细流,不知往哪里流逝。

村里的养殖户都迁走了。池塘被填,挖了田垄,几百亩农田终于连成一片,像画了格子的绿地毯,齐整,美观,清香飘逸。

清晨溜达的客人,时常在荷苑回廊最高处,见到赵老板。他正怆然地朝慧芳家方向眺望。地全平了,他什么也找不到,什么也看不见了。

他还不知道,"美丽乡村建设"规划中第一批拆迁目标,就是公路旁,这些挤挤挨挨的农家乐。